U0827305

文治
© wénzhi books

更好的阅读

わたなべじゅんいち
[日] 渡边淳一 著
魏岚 译

渡边淳一短篇小说精选

パリゆきさいしゅうびん

飞往巴黎的末班机

四川文艺出版社

图书在版编目（CIP）数据

飞往巴黎的末班机 /（日）渡边淳一著；魏岚译 . — 成都：四川文艺出版社，2016.8

ISBN 978-7-5411-4391-5

Ⅰ . ①飞… Ⅱ . ①渡… ②魏… Ⅲ . ①短篇小说—小说集—日本—现代 Ⅳ . ① I313.45

中国版本图书馆 CIP 数据核字 (2016) 第 169679 号

著作权合同登记号　图进字：21-2016-244

FEIWANG BALI DE MOBANJI

飞往巴黎的末班机（精装珍藏版）

［日］渡边淳一 著　魏岚 译

策划出品　文治图书
责任编辑　邓　敏　孙学良
装帧设计　陶　雷

出版发行　四川文艺出版社（成都市槐树街 2 号）
网　　址　www.scwys.com
电　　话　028-86259285（发行部）　028-86259303（编辑部）
传　　真　028-86259306

邮购地址　成都市槐树街 2 号四川文艺出版社邮购部　610031
印　　刷　三河市万龙印装有限公司
成品尺寸　146mm × 210mm　1/32
印　　张　6　　　　　　　字　　数　150 千
版　　次　2016 年 11 月第一版　印　　次　2016 年 11 月第一次印刷
书　　号　ISBN 978-7-5411-4391-5
定　　价　39.80 元

目录

后背上的脸

一

内海发现有巳子臀部的那块疤痕是在六月初，那时他和有巳子已经相好了半年左右。

当时内海三十七岁，在北海道大学任英国文学副教授，已有妻儿。有巳子在札幌的薄野经营着一家小酒吧，同时还是当地 K 剧团的成员，经常参加剧团的表演。

作为文学系的教授，内海经常为当地的报刊撰写剧评。偶然的一次，他给有巳子主演的 K 剧团的某剧写剧评，他在文中对有巳子的演技大为褒奖。这篇剧评让内海和有巳子相识了。

有巳子大概是从报社问到了电话号码，内海的剧评在报刊上发表的第二天，她打电话到大学。

“来到这个偏僻的小城市，得不到别人的赏识，我心里有说不出的郁闷。您的剧评，真让我信心倍增。”

有巳子的话听起来多少有点自吹自擂的意味。有巳子道完谢，接着说：“我开了一家小酒吧，叫‘小月’，有时间来坐坐吧。”

尽管有点夸张，内海只好接着她的话茬说：“虽说是在小城市，可别灰心，一定要坚持下去呀。下次有机会一定去你店里看看。”有巳子这么发出邀请，但让他一个人去她的酒吧，内海还是有些顾虑。

就这样大概过了一个月，就算被邀请，差不多也过了有效期限了。这时，D报的女记者友野到内海的大学来取稿子，友野问内海：

“先生有没有去过有巳子开的酒吧？”

“还没有，一直想去看看，你常去吗？”

“我和她在女子中学是同一届的同学，有一阵还和她一起演过舞台剧，所以很熟的。”

“那好啊，这就一起去坐坐。”

内海和那位女记者一起离开大学时，正值傍晚六点左右。深秋时节，天色已黑，薄野这座城市已淹没在霓虹灯的流光中了。那天正好下了冬天的第一场雪，傍晚时分，主干道的积雪已经融化，但楼与楼之间的小路上，还到处积着雪。

有巳子的酒吧在一条小路尽头的左边，那里集中了五六家酒吧和居酒屋。

正如有巳子自己说的，店很小，一张L形的吧台上只能坐下八个人，但因为小，倒让人有种亲切感。内海在吧台最边上的空椅上落了座。

“这位是北海道大学文学系的……”

没等友野说完，有巳子早已知晓似的说：“是内海先生吧？”

“是啊，你早就认识了？”

“哪里，只是凭直觉。先生，欢迎光临，我可是等了一个多月了。”有巳子不加掩饰，高兴地招呼道。倒是内海感觉到周围的客人朝这边投来视线，微微有点害羞。

“您要日本酒，还是威士忌？”

“哦，下雪了，那就要日本酒吧。”

“知道了。”

有巳子手脚麻利地在酒壶里倒上酒，热上了。这酒吧虽小，但吧台内设计得非常紧凑，可以做一点简单的烧烤和炒菜。吧台一端的筐里放着鲽鱼、多春鱼、七星沙丁鱼。

内海不知道有巳子的确切年龄，心想她和友野同龄，应该已经三十四五岁了。但吧台里的有巳子身材娇小，留着精神的短发，怎么看也就是三十左右吧。

那天晚上，内海在有巳子和友野的陪伴下，兴致颇浓，喝得酣畅。此间有客人也是做戏剧的，话题说到中央的大牌剧团，节目一成不变，毫无新意，这和内海的观点颇为一致。友野因为丈夫在家，所以八点左右就走了，内海又喝了一会儿，十点左右才离开酒吧。

有巳子将步履不稳的内海一直送到小路口。

“下次我一个人来。”

“我等你。”

外面寒气逼人，眼看又要下雪了，有巳子双手抱肩，缩紧了身子。

内海从那时开始经常出入小月。从最初的一周一次，变成隔天一次，有时候还会一连五天都去那里。这样，内海和那里的客人也很快相熟了。知道内海是做剧评的大学教授后，那些客人对内海不由得另眼相看，这让内海感觉不错。

内海和有巳子真正有了肉体关系是在一个月之后。那是十二月二十九日，正是年末。有巳子收起门帘，关上店门，和内海出了小月，又到另一家酒吧喝了一会儿，最后一起睡在了有巳子的公寓。

这事，两人谁也没先提起过，内海私下里已经想有巳子很久了，而有巳子对内海也早有意思，两人走到一起只是时间问题。

有巳子的公寓位于薄野一条偏僻的旅馆街，房间的陈设非常简朴。八张榻榻米大小的房间带着厨房，房间中央放着小火炉，那是烧木柴的。房间里除了餐具橱、日式衣橱这些简单的家具，还有一台小型音响。除此之外，既没有电视机，也没有装饰品，更看不见女人喜欢的布娃娃之类的摆设。

一些书籍被堆放在音响和餐具橱之间，从那些书籍可以看出，有巳子喜欢古典文学。

起初，有巳子表现得有点拘谨，面对中年内海的老到，她虽没有拒之门外，但显得欲迎还拒。然而这仅仅是一瞬间的羞涩，很快，有巳子摆脱心绪的羁绊，如脱缰的野马驰骋起来。

有巳子那纤细、敏感的身体一旦挣脱了之前所有的虚饰、抑制，就变得大胆而放荡。有巳子一开始是那样含蓄、娇羞，转眼之间竟如此奔放起来,把内海弄得亦惊亦喜。在几次翻云覆雨之后，有巳子喘息着，手指紧紧抠住内海的肩膀，慢慢平静下来。

内海搂着怀里的女人，身上感到一丝寒意。侧头望去，之前烧得红红的炉火暗淡下来，房间里充斥着寒气。

完事后的内海冷静下来，想起家里的妻子。内海和妻子近江很少争吵，但十年前的爱已变得淡而无味。内海知道他可以住在有巳子这里，但明智的做法还是回家。

内海推了推有巳子露在被子外面的纤细肩膀。

“哎……”内海不知道自己该如何称呼有巳子。叫妈妈桑不合适，直呼其名又显得太随便了。

“炉火好像灭了。”

“真抱歉。”有巳子急急忙忙穿上吊带裙，披上宽袖棉袍。

“你这就要回家吗？”

“回不回都行啊……”

睡下前，有巳子在炉子里装满的木屑球已经烧尽，现在只剩下一点红红的火星。

“我可是都听你的。”

有巳子就着余火，又在炉子里加了三个木屑球。

不知为什么，内海踌躇着，其实留在有巳子这里也就是倒头睡觉而已，这样的话倒不如回家休息更轻松。

“挺冷啊。”内海看了一下钟，已是凌晨两点半了。

“可以的话，就住我这里吧。”有巳子眼睛望着炉子，有些羞涩地说。

炉火又重新点燃了，发出噼啪的燃烧声。望着侧身端坐在炉子前的有巳子，内海心头涌起一阵冲动，这冲动不同于男人的原始欲望，那是对先前那番亲昵细细品味之后油然而生的柔情。

“要是你愿意，那我就住这儿了。”

“那就这样吧。”

有巳子轻轻笑了，这笑声倒让内海胡思乱想起来，如此风情万种的女人身旁曾经有过怎样的男人呢？

二

自从和有巳子好上后，内海便不常去小月了。男人和女人一旦有了肉体关系，不知不觉中就变得亲昵起来。这种亲昵，让他们相互举止随便，你来我往的言辞也会变得毫无遮拦，凡此种种，不再像是客人和妈妈桑的关系。

内海不愿意诸如此类的举动将两人的关系公之于众，更何况让他摆出一副情人的姿态坐镇店里，也并不是件体面的事。

于是，内海不再像以往那样频繁出入小月，而是改在周六日，或大学午休时的空余时间去有巳子的公寓。

每次内海去，有巳子总是欣欣然地迎他，而且只字不提他妻子的事。这对内海来说恰恰是求之不得的。不过内海也有顾虑，因为自从在小月进出，他曾带过几个同事一起去店里喝酒，那些同事自然也会一个人去。有巳子如果想知道内海家里的情况，从他们嘴里就可以打听到。事实上，有一位同事曾笑着说："小月的妈妈桑问起你太太是怎样的一个人，那妈妈桑对你有意思吧？"

"那你是怎么告诉她的？"

"我说内海的太太是个大美女，他们俩可是恋爱结婚的。"

"你胡说些什么！"

"还真发火啊，看来你也有意啊。"

内海被说得哑口无言。他不由得默默思忖，自己到底是迷上了有巳子的哪一点呢？

有巳子是那种身材娇小的女人，这是内海喜欢的类型，但除此之外，她实在算不上是美女。额头扁平的脸，一双单眼皮的眼睛。一件高领毛衣，配上皮质短裙，让她显得有点孩子气，同时也让她看起来比实际年龄年轻许多。只有在她侧身时，那对小而高耸的乳房变得张扬起来，婀娜的腰肢和她孩子气的脸唱起反调，勾起男人种种幻想。还有，有巳子聪明，思绪敏捷，是个有趣的谈话对象，但这些都不是真正令他着迷的地方。

事实上，让内海真正着迷的，是有巳子外表知性、举止端庄，而在性爱的瞬间却突然判若两人，变得风情万种。

换句话说，男人最野性的欲望让内海完全拜倒在有巳子的脚下。

在他需要的时候，有巳子顺从地、无条件地将自己给了他，既不对他唠唠叨叨、指手画脚，也不向他索取什么。对这样贤淑、实惠的女人，内海当然不会放手，但他也没想过要和现在的妻子离婚。倒不是因为他还爱着妻子，只是和一般的中年男人一样，他觉得离婚、结婚太麻烦，他不希望刻意改变现状，以致弄出些不必要的风波。

所以，男人与生俱来就是个利己主义者，无论他对女人如何痴迷，都依然要保持一定的距离。而女人却不同——一两次的逢场作戏另当别论——随着来往的增加，关系越来越密切，女人很难洒脱地将感情与肉体分开。和所有普通女人一样，有巳子渐渐地想要为内海做点什么。

“我替你买了内衣。”这是有巳子想为内海做点什么的第一个具体行动。那是在他俩相好两个月后，内海在有巳子公寓过夜后的第二天早晨，有巳子一边拿出内衣一边说：“你换一下，我帮你洗了。”

内衣是男式的全棉短裤和汗衫。内海稍稍有些迟疑，但在有巳子一声“快”字的催促下，无奈只好换上。

这倒还仅仅是在两人之间，没有外人。然而有巳子的占有欲在众目睽睽的店里也变得露骨起来。

有时，内海傍晚去小月喝酒，中途起身说声“我走了”，有巳子必定会追问“上哪去”。如果内海含糊其词地往外走，有巳子立即会从吧台后追出来，赶到门外问：“今晚过来吗？”

如果内海稍迟些时间露脸，那么内海离开时就算还有客人在，有巳子也要早早地关了店门，无所顾忌地说：“我这就走，你等我一会儿。”这样的事一而再、再而三之后，对于两人的关系，店里的熟客就开始有所察觉了。

至于内海的妻子，她明知内海在外过夜的次数增加了，倒也没有和他大吵大闹。大概是因为教授女儿的出身，使这个自尊心极强的女人不会哭哭啼啼地说什么“今天早点回家”之类的话。虽说是这样，但只要内海在外过夜，他妻子便用红色铅笔把挂历上的这一天日期狠狠地涂掉。

内海利用妻子的沉默，一周两三次和有巳子在一起，对妻子，他半个月才象征性地尽一下义务。

有巳子欢愉的表现变得越来越热烈而放荡，那原本敏感的身体一经解禁便无所顾忌，熊熊燃烧起来。

可是，当初有巳子的的确确说过“我一直单身”，在她周围也找不到男人的影子，更看不出有别的男人进出她公寓的迹象。

当然，有巳子认识内海时已不是处女，这一点是确凿无疑的。内海觉得有巳子以前的男人一定是个熟谙风月的情场老手。

对此，内海倒是没有什么不满。虽说有巳子只是经营着一家小酒吧，但一个三十多岁爱好戏剧的女人，以前不可能没有男人。要追究起来的话，有妻室的内海就更要被指责了。

总之，对有巳子的过去他不想说什么，内海关心的是有巳子现在有没有别的男人，只要现在没有，一切就不是问题，两人之间就不应该有过多的盘问，这是互相应有的礼貌和尊重。

可是，尽管内海嘴上不说，但每次完事后，想起有巳子刚才那放荡的样子，内海的脑海里总会闪过有巳子以前的男人。

“这种时候，感觉真好。”渐渐地，两人一番云雨之后，有巳子会这么说。这话暗示着，有巳子因为内海而得到了满足，对此内海觉得自己在有巳子的心中占有了一席之地，是他造就了这个女人，这又让内海有点自得。

可是，在这么短的日子里，有巳子的身体竟然变得如此敏感而且大胆，也可以说，是有巳子的身体早已具备了这种条件，而这条件正是她以前的男人所创造的。有巳子体验到的完完全全的快感中，内海完成了最后那关键的一半，而另一半基础则是她以前的男人打下的。

内海一边关注着有巳子身体的“茁壮成长”，并力求使她日臻完美，一边为不是自己一个人造就了有巳子而感到遗憾。

不过，有巳子丝毫没觉察内海的这些想法。

“我算是离不开你了，除了你，没人能让我满足。”

“是不是还想找别人试试？”

“瞧你多傻，这会儿我怎么可能再去跟别人，我可不想让别人碰我。”

“不管别人怎么勾引你？”

“一个女人，就算脑子里有红杏出墙的念头，她的身体却做不到，因为她的身体已经被牢牢地拴住了，再也离不开她喜欢的人。”

“这话当真？”

“那还用说，女人的身体是最不会说谎的。一个女人只要爱上一个男人，她的身体经过这个男人指点迷津，她就不可能再去想别的男人。”

“这么说来，你是被我指点迷津啦？”

“那当然，这么好的感觉，我可是第一次体验。”

“如果我死了呢，你怎么办？”

“我和你一起死。”

“真的？”

“我可不是说着玩的，你要不相信，现在就杀了我。”

“那我就成全你。”

“在和你做爱的时候，就那样被你爱着死去，也是我的一个心愿吧。”

有巳子眯起她那细细的丹凤眼，凝视着远方。在那眼神里没有内海，也没有那个往昔的男人，那迷茫的眼神里有的只是女人对性爱的渴望。

三

到了第二年春天，内海和有巳子的关系在小月的常客之间已是一个公开的秘密了。那些常客都是搞演艺、美术的，或者是大学教授、媒体跑新闻的，总之都是些通晓世故的男人，他们中倒没人风言风语，但在薄野这个小城市，背地里依然是有人议论的。

六月，洋槐盛开的初夏，内海和女记者难得又在一起喝酒。友野因为那天丈夫出差不在家，所以不着急回家。

两人照例在傍晚谈完工作后，来到一家熟悉的关东煮店里，吃完后又转到小月，在小月喝了一会儿，又到同一栋楼里的 N 酒吧，两人在那里等有巳子。

就这样从七点到十一点，两人喝了四个小时，友野有点酩酊，话也多了起来。

“先生，您可别惹有巳子伤心啊，是我把您介绍给她的，有巳子要是有个三长两短，可都是我的责任啊。”

“三长两短？”

“您要是再喜欢上别的女人，有巳子一定会寻死的。”

“你言过其实了吧？”

“我说的可是真的，她曾经自杀过一次呢。”

“当真？”

“哎呀，您不知道？”

这确实是内海第一次听说。

“有巳子在东京时，曾经自杀过。”

“为什么？”

“有巳子为了学戏剧去了东京，在那里她和剧团的制片人好上了，但是没有结果，所以才又回到这里。”

友野一边说，一边不时饶有兴致地观察着内海的表情。

“她吞服了大剂量的阿托品，睡了整整三天三夜。后来，因为她吞服得太多又呕吐起来，才万幸捡了条命，这以后有巳子一病不起，在医院躺了两个月呢。”

“是这样啊。”

“所以……您应该知道喽。”

“知道什么？”

“那个呗。哎呀，别明知故问啦，您这人真是的。”友野含笑轻轻瞪了内海一眼。

“到底是什么呀？快说吧。”

“有巳子屁股上有块伤疤吧？”

内海知道有巳子臀部中间有那么一块疤痕，但那只是在他们面对面搂抱在一起时，内海的手指摸到过，感觉那是一块疤痕，可他并没有在亮处亲眼看见过。

“那伤疤就是那时在地上撞的，刚开始有巴掌那么大，后来小了许多。”

“你看见过？”

“当然啦，有巳子自杀未遂后，我马上和有巳子的母亲一起赶到东京，我在那里照顾了她半个月呢。对有巳子，我可是太了解了。”

内海即刻酒醒，他竭力回忆指尖触摸时的感觉，那伤疤表面高低不平。

“有巳子为什么要自杀呢？”

“对方有太太，有孩子，我想那男人一开始就是玩玩而已，但有巳子却动了真格。在毫无意识的昏睡中，她还一个劲地喊着那个男人的名字呢。”

内海那尚未完全清醒的脑海里，慢慢浮现出一个男人的影子。这个有巳子往日的男人，容貌模糊，指尖却离奇地又细又长、灵巧至极。

“有巳子很容易痴心动情的，先生您要当心啊。”

“没问题。”

“可是，刚才她看我们两人的眼神，就够可怕的，要是被她看见我和先生凑这么近，她一定得吃了我。”

似乎是想起了有巳子的眼神，友野不由得朝后挪了挪身体。内海双手捧着酒杯，望着前面陈列着葡萄酒的柜子。

“哦，今天我说的这些，可别对有巳子乱讲哦。”

“明白。”

就在内海点头的时候，有巳子喘着粗气跳了进来：“对不起，好不容易把客人哄走。”

有巳子灿烂地笑着，点了一杯加冰块的威士忌。

四

那一夜，内海的心里涌动起一股野蛮的欲望。这欲望在他和友野、有巳子一起喝酒时已蠢蠢欲动，和友野分手，两人回到有巳子的公寓，内海终于迫不及待了。

刚一锁上门，他便抱住有巳子，迅速地拉开她后背的拉链。

“等等，不用你这么猴急，我也会脱的。”

有巳子在内海的怀里挣扎着，内海充耳不闻，脱下有巳子的衣服，用力扯开她内裙的肩带。他不想让有巳子自己动手，他的心里只有一个单纯的欲望：不顾一切地扒光有巳子的衣服。

有巳子轻轻叫了一声，缩紧了身体，瞬间已一丝不挂。尽管是深夜，但六月的北国已不需要烤火。炉子被搬走后，房内显得宽敞起来，内海粗暴地把有巳子压倒在房间中央的床垫上。

“把灯关了。”

有巳子慌忙拉过被子，蜷缩起身子。

“不行，休想。”

与其说是对有巳子，内海更像是对他自己说，他吼叫着将有巳子脸朝下按倒在地。

"讨厌，讨厌！"

有巳子就像一条活蹦乱跳的鱼，一次又一次想从地上挺身起来，但内海决不松手，牢牢地摁住有巳子的身体。有巳子挣扎的身体渐渐没了劲，慢慢变得柔软，犹如一只猫那么顺从起来，争斗就此结束。

此时的有巳子早已做好许身于这个男人的准备，她变得迫不及待了。

内海引领着她冲向销魂的浪尖，就在到达浪尖前的瞬间，内海抽身来到她的侧面。犹如熊熊燃烧的炉膛突然被釜底抽薪，迫不及待的有巳子欲罢不能地哼叫着。内海轻轻地将有巳子侧转身子，让她背朝自己。这个姿势他俩试过多次，有巳子很喜欢，不同的是，今天内海没有长驱直入，而是一边用手，一边死死盯着有巳子细长的后背。

圆润的肩胛，细细的水蛇腰，再往下看，和有巳子纤细的上身相比，她的臀部意想不到地丰腴。在臀部中间，确确实实刻着一块圆圆的疤痕。那圆圆的疤痕周围略带朱红色，中央略微发黑。这疤痕微微颤动，满心期待着即将来临的销魂一刻。内海目不转睛地看着，觉得那疤痕就是一张女人的脸，它时而哭泣，时而欢笑。

内海觉得这伤疤就像有巳子的另一张脸，这张脸一会儿杏眼圆睁，气歪了嘴，一会儿哭鼻子，一会儿又扑哧笑了起来。这是一张离开内海便形单影只的有巳子的脸，也是苦苦折磨内海、令他意想不到的脸。

"哎……哎……"有巳子要求着，那声音犹如远方传来的波浪声，一阵接着一阵。

"啊……"有巳子大声催促着，内海再也按捺不住了。此刻，有巳子轻哼一声，头向后仰去："真好，太好了！"说着有巳子捷足先登了。

内海驾驭着这个女人，心里掠过一阵焦躁。他觉得自己已经征服了这个女人，可又觉得似是而非。在这份煎熬中，内海渐渐地感觉自己被有巳子吞噬、融化，完完全全失去了自我。

海雾的女人

一

“札幌有两家书店，另外钏路还有一家，拜托你了。”

K 书房的浦本这么说时，津山慌忙抬起头。

“钏路？”

“是啊，钏路有一家很大的山本书店，刚重新装修过，在庆祝新装开店的时候想请你去。”

“是钏路啊？”

津山又一次喃喃低语，将手中的书放在桌子上。这书是津山耗时一年写的长篇，今天刚印刷完毕，编辑浦本先给他送来一本。

“那地方很远啊。”

“不过可以坐飞机，从札幌飞过去就四十分钟。”

原定半个月后，九月中旬，津山要去札幌举办一个文艺演讲会，出版社想请他顺便在札幌和钏路的书店，为新书办一个签售会。

津山的这本新作，主要是以北海道为背景的，出版方原本就计划在札幌的大型书店搞一个签售会。如果是在一家书店签售的话，只要赶在演讲会前一个小时到书店，就能办完；两家书店的话也就是两个小时，反正大老远赶去了，这点时间总是可以挤出来的。

可是，如果要去钏路的话，情况就不同了。

“那要在钏路住一晚吧？”

“如果去的话，下了班五六点才能走，去那里的飞机一天只有两班，最晚是下午两点的，那是赶不上的。要不就得坐火车了。”

“快车的话，也要七个小时吧？”

“况且在这之前还有演讲会。”

“这么说，当天来回是不可能的啦。”

“是的，反正都到了札幌，就多待一天吧，你是不是有什么别的急事？”

“那倒不是，只是觉得远了点。”

“不过，秋天的钏路可是很美的。”

“我去过一次，不过不是秋天。”

“那不正好嘛，顺便去看看，莫非你有什么不愿去钏路的理由？”

“那倒没有。”

“那就定了，偶尔离开这空气浑浊的东京，体验一下边疆小城的风情，也很不错嘛。”

津山心里也是想去看看的，都到了札幌，钏路已经近在咫尺。虽说手头的工作的确很忙，不过一两天的时间还是抽得出的。既然对方希望他去，他自己也想去，那就顺其自然答应下来吧。

脑子里这么想，可津山心里依旧有个疙瘩，让他难以爽快地应允下来。

“钏路现在是大雾时节吧。”

“那地方什么时候会有雾？”

“夏天该是雾最浓的时节。”

津山在北海道大学上学时，曾在去阿寒的途中经过钏路，那是二十年前的事了。那时他去阿寒湖露营，回来时在钏路火车站附近的日式旅馆住了一晚。津山是抱着对边疆小镇、“雾都”的向往跑去的，结果大夏天住在日式旅馆狭小的房间里，乱糟糟的街上尘土飞扬，让他大失所望。

那是昭和二十八、二十九年，当时整个日本尚在重建之中，钏路也正值由农村向城市过渡的时期。几年之后，原田康子发表了她以钏路为背景的成名小说《挽歌》，这小说又被拍成电影，这个边疆小镇才为人所知，对那以后的钏路，津山也不甚了解。不过，曾经的钏路在津山的记忆里历历在目。

井浦久仁子。

津山尽量不去想这个名字，他试图说服自己相信，他对去钏路犹豫再三，只是觉得那地方太远了，太麻烦，并不是因为这个女人。

津山的这番思绪，证明他没有忘记她。其实，在浦本提出“去一下钏路”的时候，井浦久仁子的名字便浮现在津山的脑海里了。

“那么，就按刚才的日程决定了。”

“等等……”

“就这么定了，也该去北海道尝尝螃蟹啊。”

“你可真会强加于人。”

津山脸上有点不情愿地点点头，心里却已经没有了先前的踌躇，反而企盼起这次旅行来了。

二

津山认识井浦久仁子，是十六年前，那时他还是北海道大学的学生。

那时候，津山在文学系专攻日本文学，他只选够规定的课时，其余的精力都耗在打工和玩乐上了。

津山第一次遇见井浦久仁子是在他读大四的时候，正值十二月初。

那时，津山和同届的野村经常去薄野一家名叫“克丽奥佩特拉”的舞厅。那个时候刚开始有电视机，保龄球和游戏机房都还没有呢，冬天的札幌，男女朋友能结伴去的地方，也就只有咖啡馆、电影院，再有就是舞厅了。

那会儿，在札幌有五六家舞厅。克丽奥佩特拉位于市中心，风气也比较好，你只要花二百日元，就可以和异性朋友跳一整天，再没有比这更便宜的娱乐了。

津山他们去舞厅时都是清一色男孩子，从不带女朋友。既然是去体验夜晚的冒险，就没必要带上女朋友。况且有女朋友做伴，一旦发现了美女，反而多了一份累赘。

一般管不带舞伴的叫自由人，而津山他们说这叫作“就地取材”。

那天晚上，津山和野村两人约好去舞厅“就地取材”。

“十点在‘紫烟庄’碰头。”

“好嘞，可别带个丑姑娘来。”

“小心你自己吧。”

进舞厅前，他俩这么互相调侃着。

他们通常是吃完晚饭，七八点钟时到达舞厅。周六日就稍早一点，但在平时，这正是那些办公室小姐、西式裁缝学校的女生开始来舞厅的时候，舞厅最热闹的时段就是晚上九点至十点。

舞厅营业到夜里十一点半，过了十点，就很难找到出色的女孩了。那会儿还逗留在舞厅的，都是些化了浓妆的，一看就是不良女子，再就是被男人带来的舞伴。那些良家姑娘不是有家规，便是害怕走夜路，早早地都回家了。

津山他们有个默契，就是一起进入舞厅，但到了里面便互相不再说话，原因大概是“双方是争夺女伴的竞争对手”。津山和野村既然没带舞伴，那么他们必须先找到一个舞伴才行。不过，他俩的目的还不仅仅是这个。

他们要找到舞伴，并在跳舞的时候接近她，最后在十点之前把她带到那家紫烟庄咖啡馆。无论你找到多么漂亮的姑娘，如果她拒绝去咖啡馆，那就没有任何意义。必须十点之前带上那个舞伴结伴而去，然后将各自带来的姑娘做一个比较，谁带来的姑娘漂亮谁就是赢家。输的人除了要为对方埋单以外，还要付罚金。

两人规定罚金为一千日元。那时候的一千日元相当于现在的五千日元吧，所以“就地取材”可是一个动真格的赌钱游戏。

那晚，津山出师不利。他一进舞厅，就搭上一个二十二三岁模样的姑娘，那姑娘长着一张圆脸，身材不错。津山和她连跳两曲，接着又一起跳过两次，打听到她在 M 百货店工作。只要能让女孩子对你说出她的名字或工作单位，那么把她带出舞厅基本上是十拿九稳了。

津山一边跳着舞，一边打定主意，今晚就是她了。

可就在他锁定目标，一曲终了，稍作休息后突然找不到那个舞伴了。津山起先没当回事，心想她一定是上厕所去了。可过了三支舞曲，他才发现，那女孩早已在乐队边上和一位三十左右的职员模样的男人跳上了。津山气坏了，决定下一支舞曲一开始便硬挤过去。

当舞曲奏响，津山正准备抢先朝那女孩跑过去时，那男人已经捷足先登。那女孩明知津山冲她跑来，却一脸漠然，又和那职员搂在一起跳上了。

“我成了填空当的啦。”

津山狠狠地看着那女孩的背影。

那女孩和那男人显然是早就约好的，先前她和津山跳舞，只是为了打发等待那男人的时间。

“就算这样，打开始说一下也就罢了。”

津山想，再懊恼也白搭，此时已快九点，离规定的十点只剩一个小时了。

津山又琢磨起野村来，不知他战果如何，待他四处一看，发现野村正在舞厅右侧灯光昏暗的地方跳着呢。那里人影晃动，津山看不清对方女孩的脸，但既然能跟野村上那昏暗的地方去跳，一定进展顺利。

津山重又巡视起舞厅。

早知这样，不如随便在刚才一起跳过的女孩中找一个，那些女孩子虽说不是十分漂亮，可相貌普通的还是有的。

事实上，到城里的舞厅来跳舞而又没有舞伴的女孩，很少有特别漂亮的。那些特别漂亮出挑的姑娘一定有男伴。所以在这些不带舞伴的女孩中猎艳，找到相貌平平的就算不错了。

舞厅里还有几个刚才一起跳过舞的女孩，可到了九点，她们大部分已有了固定的男伴，这时便很难再去邀请了。

这个时候，还依墙干站着的女孩里不可能会有漂亮的了。

津山急了，眼下可不能再挑三拣四了。他必须尽快找个女孩，并让她跟着他去紫烟庄。要不然，他就只好眼睁睁看着野村和他猎获的女孩卿卿我我，乖乖地为他们的茶水埋单，并交上罚金。

他又一次审视周围。

女孩子们开始三三两两朝门口走去，大概是准备回家了。津山顾不得太多紧跟上去，叫住这些已经准备回家的女孩是不太可能了，不过津山仍然不死心，希望其中会有一个容貌出挑的女孩。

就在津山走到离舞厅门口大约二十米的时候，迎面进来两个女孩。一个身穿碎花套裙，胸前戴着胸花；另一位穿着白色连衣裙。

那位穿套裙的女孩大概以前来过，径直朝里走，而穿连衣裙的女孩一路好奇地朝舞厅里张望着。

津山看着她们走过，目光尾随着观察起来。

从进门东张西望的样子判断，一定是刚刚才来的客人。着套裙的女孩五官端正，个子偏高；而穿连衣裙的女孩虽算不上美女，但比另一位要年轻两三岁，大约二十岁，瘦瘦的，个子不高。

按津山的嗜好，他喜欢身材瘦小的那个。

两个女孩在舞厅中间的墙边站住，周围的男舞客马上朝她俩打量起来。

这时候，大部分女孩已经陆陆续续走了，舞厅里男客明显成为多数，再不行动的话，这两个刚来的女孩立刻就会被请走。

不等舞曲终了，津山已冲到她们面前。

“请你和我一起跳吧。”

那瘦小的女孩吃了一惊，瞪大眼睛，然后不敢相信地回头看了一下同行的女孩。

“请你呢，快去吧！”

穿套裙的女孩从后面推了她一下。

“可是……”

“舞曲还没完呢。”津山伸出手，穿连衣裙的女孩稍一犹豫，点了一下头。

这是一个狐步舞曲，用普通的快步跳。

两人相拥时，那女孩正巧到津山嘴巴的高度。津山身高一米七二，所以那女孩大概一米五五、一米五六的模样吧，不像远看时那么瘦，倒是显得很匀称。起初津山觉得她矮小，大概是同行的女孩比较高大的缘故。

刚跳的时候，女孩的步伐有点乱。

“对不起。”

“别介意。”

津山引领着她往舞厅中央移动。

这女孩跳得不算好，不过能跟上舞伴的节奏。也许是第一次跳舞，她显得很紧张，身体略微有点僵硬。

“是第一次来这里吗？”

“是。”她轻声回答。

津山再次审视起眼前的女孩。她一头齐肩短发从前额不对称地左右分开，发梢卷着卷。娇小的脸庞上一双眼睛显得特别大，翘鼻子，扁平的额头，皮肤白净。比起刚才津山看上的圆脸女孩，她说不上漂亮，但还说得过去。

“你们是刚到的吧。”

“你怎么知道？”

“我一直看着你们呢。”津山没话找话，想尽快能和她熟悉起来，“你工作了？”

“没有。”

“那么还是学生？”

女孩不作声。

津山不再多问，认真地跳起舞来。

欲速则不达，这是津山总结的经验。这女孩是第一次来城里舞厅，虽说有同伴陪着，但一定心存戒备。

既要活泼、随和，又要举止庄重，这是野村教给他的猎取女孩的要诀。津山如法炮制，一般都屡试不爽。

当他们跳至舞池中央时，舞曲结束了。

津山松开手，女孩微微低头施礼，然后急急地回到女伴那里。

目送着她的背影，津山点燃了一支香烟。

下一个是吉特巴舞，那是一个快节奏的舞曲，不容易跳好。

一位男士朝那两个女孩走去，在交谈了几句之后，那位穿套裙的女孩随之步入舞池，她舞姿娴熟，跳得很不错。又有一位男士朝白色连衣裙的女孩走去，面对男士的邀请，她连连摇头，那男士又说了些什么，最终放弃了。

津山料想那女孩不会跳吉特巴，看来是猜对了。

既然这女孩不会跳吉特巴，那么即使有男士去请她，也会被拒绝的，所以，津山若无其事地离得远远的。更何况吉特巴舞曲太快，很难有说话的机会。除非是碰到了活泼而又善舞的女孩，让她在吉特巴的乐曲中尽兴地旋转，情绪奔放起来，这倒也是一招。不过眼前的女孩显然不是这种对象。津山耐心等待着下一个节奏缓慢的舞曲。

津山用大拇指和食指夹着烟，那姿势颇有点黑社会老大的意味，开始走近那女孩。

津山的预料没有错，接下来的是个慢节奏的舞曲。穿套裙的女孩一曲终了回到那女孩身旁，两人在舞厅的一角说着话。

舞曲奏响了，津山迅速上前。

“请！”

那女孩又一次吃惊地抬起头，不过这次没等女伴说，便不出声地跟了过来。

“你什么时候学的跳舞？”

“刚学的，只有半年吧。”

“在哪里学的？”

“在学校……”

“哪所学校？”

她不回答，微微摇了摇头。看来依然心存戒备。

“你身体柔软，一定可以跳得不错的。”

“真的？”

“身体柔软的女孩，跳舞一定收放自如。”

“可有人说我身体太硬，不容易跳好。”

“那是因为男伴没带好你。”津山信口开河地说。虽说是信口开河，也要挑女孩子爱听的才行，一定要能博得她的好感。

“我叫津山，在北海道大学，大四了。”不等别人问，津山先自报家门。因为他穿着白色毛衣，外面是藏青色西服，从外表看，分不清是学生还是职员。

“我可不是个不靠谱的坏人。”

女孩扑哧笑了出来，大概是津山的自报家门，让她稍稍放了心。

“可以的话，能告诉我你的名字吗？”

“我姓井浦。”

“名字呢？”

女孩顿了一下，回答：“KUNIKO，汉字是久仁子。”

“井浦久仁子？”

“这名字有点怪怪的吧？”

“哪里，一个很不错的名字。”

津山想，眼下这个姑娘对自己说不上有好感，但至少是不讨厌。加把劲，也许就能把她带走。

和着舒缓的小夜曲，津山将她依然有点紧张的身体朝自己的胸前靠了靠。

“你和那个女孩子是一个学校的？”

“是，不过她已经毕业了。”

“是学西式裁缝学校？”

“你怎么知道？”

“那当然，二位的穿着品位这么好，一身淑女打扮。”

久仁子又轻轻笑起来。久仁子看起来就像学生，相比之下，那穿套裙的女孩身材高大，显得成熟许多，她身上透出的世故气息，让人一看就知道是个踏入社会的人。

“那么你朋友工作了？”

“她是个时装设计师。”

“那么，你呢？”

“我明年毕业。”大概是熟悉了一点，久仁子爽快地回答。

“你毕业后也准备当设计师吗？”

“不知道。”

萨克斯管发出如泣如诉的悲鸣，余音回荡。

周围的舞伴几乎都一对对紧紧地搂在一起，津山不敢性急造次，继续耐着性子问：“你住哪里？”

“在西线的十六条。”

“我住在元山，离你住的地方不远。是和父母住一起？”

“不是。”

“借的房子？”

“我住在我姐姐家。”

“这么说，你老家不是札幌？”

“我家在钏路。”

津山重新审视起久仁子。北方的女孩大都皮肤白净，不过，久仁子算不上白净，只能说是苍白。津山原来就有点纳闷，如果是札幌的女孩，久仁子就显得太老实了，果然是从外地来的。

“毕业后回钏路？”

“不知道。”

音乐停了，津山和她一起回到舞厅边上。

之后，津山和久仁子又连着跳了三支曲子。在吉特巴舞曲开始的时候，久仁子说不会跳，躲到一边去。津山拉着她，手把手地教了起来，对津山的指点，久仁子虚心地跟着。

津山又了解到，久仁子二十一岁，高中毕业后来到札幌，现在H服装学校读三年级，她借住在姐姐家，姐夫在银行工作。

乐队再次奏起慢舞曲，时间已经过了九点半。

“来吧。”

被津山邀请，久仁子不再推辞。久仁子的朋友和周围的男士，显然觉得津山和久仁子俨然是一对了。

津山一点点地把久仁子朝着乐队边上较昏暗的地方引去，一些互相有意的男女早已聚集在那里，正搂着跳贴面舞。

津山把久仁子领到那里，让久仁子充分看清那些男男女女的姿态后，才松开他握住久仁子的手，顺势搂住了她的腰际。

两人的身体贴得更近了，久仁子的额头轻轻地靠住津山的右肩，津山感觉到肩膀上的分量后，顺势蹭着久仁子的发际，在她耳边轻声说：“一会儿出去喝杯茶怎么样？”

久仁子立刻仰起脸，看着津山。

“我约了朋友十点在咖啡馆见面，我想介绍你们认识一下，一起去吧。”

“……”

“我朋友也带了女孩子，所以，你能陪我一起去的话就太好了。”

“可是……”

“就坐二三十分钟，回家时我送你。”

“可是，还有我朋友呢……”

“不行的话，叫上她一起去也没关系。不过我朋友只带了一个女孩，所以我也只带你一个比较合适。”

久仁子想了想，回答说：“我和她说一下吧。”

津山点点头，手搂紧了久仁子的腰，跳起了贴面舞。

三

十点，津山把久仁子带到紫烟庄。这时，野村已经带着一个女孩坐在大包厢里了。

“这边！”野村挥手打着手势。

两对男女面对面坐下。这一瞬间是游戏中最让人心跳的时刻。

“这是和我一个年级的野村，这位是井浦久仁子。”

两位男生分别介绍了自己的女孩。四个人互相打量一下，随后一起低头致礼。

野村带来的女孩身材比较高大，看上去时髦洋气，算不上特别漂亮，但确实引人注目。她涂着浓浓的眼影，看上去二十六七岁的模样。

相比之下，久仁子就显得太孩子气了。从五官上比的话，久仁子可能都在那个女孩之下，不过久仁子更清纯可爱。

野村本来就偏好半老徐娘的类型，所以，他一定觉得自己带来的女孩很不错。

四个人喝了茶，聊了三十分钟左右，离开了紫烟庄。说是聊，其实基本是野村和津山两位男生在说话。

“怎么走？”

“我送她回去。”

“是这样，那就在这儿分手喽。”

至于胜负，他俩通常是在日后见面时才做定论的。当天，四个人分成两对各自回家。

“再上哪儿喝一点什么？”

“不了，我要回家了。”

久仁子看了一下手表，有点害怕地摇了摇头，她说自己还是第一次晚上十点以后一个人在外面。

傍晚停下的雪，这会儿又飘飘洒洒地飞舞起来，久仁子竖起藏青色大衣领子，快步朝着电车的方向走去。

“我送你到家。”

津山紧随久仁子一起上了电车。坐上电车，看见还有那么多和自己同路的乘客，久仁子安下心来，脸上的表情又像在舞厅时那样平静下来。

“我怎么联系到你？”

“你打电话给我吧。”

“号码呢？”

久仁子看了一下周围，确信没有人注意，才把姐姐家的电话号码告诉津山。

电车顺着山往南驶去，两人在十六条站下了车。市中心的残雪已经融化，柏油路干干净净的，到了这一带，尚未融化的残雪覆盖着路面，新下的雪又开始往上堆积。

“冷吧？”

津山握住久仁子的手，自然地插入自己大衣口袋里。

下车时还看见十五六个人影，朝左拐入小马路时，周围就只剩下津山和久仁子了。

“你姐姐家在哪儿呢？”

“前面第二根电线杆的左边。”

行人稀少的小路上亮着一排路灯，雪花在灯光下漫舞。

“就是这儿。”

矮矮的石墙里面是一栋木结构的二层小楼。门柱上写着主人的名字“大桥”。

“这是你姐夫的名字吧？”

“是……”

久仁子从津山的大衣口袋里抽出手来，这时津山迅速用另一只手搂住她。

“你干什么……？”

久仁子轻轻叫道，津山根本不松手，反而搂得更紧了。

“讨厌！”久仁子使出全身的力气推开津山，一边转脸竭力躲避，一边用手朝津山凑过来的脸噼啪乱打一气。

就在两人扭作一团时，津山亲了久仁子，但这实在是短短的一刹那，马上，久仁子紧闭着嘴，喘着气躲了过去。

“安静点，没事的。”津山呵斥着，久仁子却发了疯似的摇头。

对久仁子的不配合，津山有点吃惊，手不由得松了下来，就这个当口，久仁子溜出他的手腕，头发乱糟糟地逃进了院墙。

第二天午休时间，津山在大学食堂见到了野村。

“昨天是我赢了。”食堂是自助式的，野村一边端着荞麦面一边这么说着。

“开玩笑，我带来的姑娘比你的强多了。”

“你胡说什么，这么说，又得找相川来看吗？”

每当他俩意见不一、无法得出结论时，便让朋友相川看过两位女孩，最后由相川做裁定。

“你不服也白搭。”

“谁说的，你那个女孩子虽说长得还可以，但一副风流女子样。”

“去你的吧，你那一位乳臭未干，简直还是个黄毛丫头，都还没发育呢。”

野村一边吹着热气吃着荞麦面，忽然想起什么似的说：“对了，你昨晚没干什么坏事吧？”

“就亲了一下嘴。”

“你这不是折磨她么？”

“我只是带她来一决胜负的。”

“不过，那姑娘对你可有点意思啊。”

“我可没打算深交下去。”

“最好就在亲亲嘴的程度上打住吧，那种类型的女孩，看上去文静老实，可就像一堆干柴，着起来可了不得。”野村皱着眉头夸张地说。但凡说到女人，他总是摆出前辈的姿态。

这以后，津山见了久仁子两次。第一次是在一星期后，那是为了带去给相川看，裁定胜负的。最近的一次是圣诞夜。

因为那天晚上的事，津山觉得久仁子可能不会来，但她准时赴约。

相川裁判的结果是：久仁子以微弱的优势获胜。

“女人怎么能光看年龄呢？只是年轻不行的，得看成熟不成熟。你们这些家伙，对女人简直是一窍不通。”

野村很不服气，但也推翻不了相川的裁决。于是津山从野村那里得到赢来的一千日元，外加垫付的二百八十日元茶钱。

按以往，这些钱津山会拿来吃饭，或打麻将输掉了。不知为什么，这一次因久仁子赢来的钱，津山却想用它来请久仁子吃顿饭。

这两年来，津山不好好上课，有了钱就玩，没钱了再打工，就这样周而复始。对自己这种不求上进的颓废生活，津山开始有点不安起来。

其实从一开始，津山就没有什么追求。刚进大学时，觉得好玩就参加了校园活动，但马上就厌倦了，转而沉迷于追女孩、打麻将。无论是离开校园活动也好，沉溺于追女孩也罢，当时津山给自己找了种种堂而皇之的理由，什么受挫折啦，对前途失望啦，等等，其实只是他对什么事都难以专心投入罢了。

一方面，他希望有追求，有目标，为追求这个目标而振作起来；但另一方面，他害怕毕业，害怕离开大学生活。他对即将踏入社会毫无信心、忐忑不安。他不想直面这些问题，于是躲避在追求女孩的游戏中。但是，当今年最后一场大雪飘舞的时候，对这一切，津山已经难以提起兴致，正是在这个时候，津山遇见了久仁子。

圣诞夜，津山约了久仁子。他们在饭店坐下后，久仁子拿出送给津山的钢笔。

和女朋友在餐馆吃饭，接受礼物，这种温馨而老套的圣诞节情节曾被津山蔑视，但如今津山觉得这样的方式也不错。

烛光映照在久仁子那张略显稚气的脸上，津山在心里问自己：我喜欢她吗？

津山和久仁子只是接了吻，并没有其他关系。而那接吻也被抵抗再三，最后是久仁子咬紧牙关，津山颇费周折地在她的嘴唇上碰了一下而已。而以往，津山在舞厅猎艳，当晚便一起过夜。相比以往的神速进展，这一次的效率实在是太低了，这要是让野村知道，津山一定被他讥笑为倒霉蛋。

不过，津山现在对这些不再介意，他觉得在圣诞夜邀上女孩子，一边听着圣诞歌，一边共进晚餐也挺不错。望着窗外大雪纷飞，津山享受着这份久违的温馨。

“哎，野村君这人有点怪吧？”久仁子想起什么似的说，“他让我下次悄悄地和他单独去跳舞。”

“我没意见啊。”

“我才不去呢，那人看上去让人有点害怕。”

在津山宣布“这是我的女孩”之前，野村对久仁子发出邀请，津山无权干涉。在宣布这是自己的战利品之前，谁都有权利追，这是他们的游戏规则。

“津山君，你工作找到了吗？”

“还没有呢。”

“都十二月了，可不早啦，你怎么打算？”

“我想留在大学，不行的话，就回小樽，去我老爸的制铁厂。”

“可你是学文科的。”

“学文科的也没有说不能到制铁厂工作。”

“你倒是什么都不在乎。”

“那么你呢？”

“我请姐夫帮着在找呢，我想明年春天工作。”

津山对久仁子谈不上喜欢，尽管久仁子皮肤白皙，天真纯朴，但这种姿色的女孩多的是，而且不像久仁子这么保守，她们轻易就肯和你上床。

但津山还是选择和久仁子一起过圣诞节——他开始厌倦以前散漫放荡的生活，而这时他碰巧遇见了久仁子。

又下了一场大雪，新的一年开始了。津山和久仁子的关系依然没有进展。津山大概一周见久仁子一次，有时久仁子也到他的宿舍，但久仁子只允许他亲吻，并且会乖乖地伸出舌头，除此之外再不许津山越雷池半步，只要津山的手一碰到下半身，久仁子便立刻逃走。

除了久仁子，津山还和两三个女孩来往，她们都是他在打工时或在舞厅认识的。和那些女孩在一起津山不会有压力，还能放开了玩。尽管这样，津山依然隔三岔五地见久仁子，因为久仁子会帮他打扫房间，这么贤惠的女孩不多见，也因为久仁子不让他碰，津山觉得她很纯洁。

三月，津山悬悬乎乎地毕业，进了研究生院。读研究生当然没有工资，所以他就在札幌市的高中当兼职老师，挣点零花钱。

“我爸爸妈妈一定让我回钏路老家。”

久仁子已经毕业，但还没找到满意的工作。

“那就回去呗。”

“可我不想回去。”

“但你不能老是这么闲逛吧？”

“回去的话，我父母就会把我嫁出去。”

久仁子显然想知道，津山有没有和她结婚的打算。

的确，津山绝没有和久仁子结婚的意思，他现在根本不可能谈婚论嫁。要不是父母每个月寄钱过来，他连自己都养不活，哪里敢谈结婚。再说，对久仁子，津山承认她是个纯朴的好女孩，但并没到非她不娶的程度。

面对津山的暧昧态度，久仁子举棋不定。不久，札幌处处洋槐盛开，转眼又是丁香时节。久仁子终于失去耐心，回家乡钏路去了。

四

时隔四个月，十月初，久仁子突然造访札幌，来看津山。

离开札幌后，久仁子每月有两三封来信，所以津山大概知道她在钏路的生活。

久仁子在信上说她除了学习插花、茶道之外，其他时间都闲着。而做药材生意的父母希望她早点结婚，不断地安排她相亲。

对久仁子的来信，津山大概收到三封之后，才写一封回信，大致说些札幌的事，再就是说说去农村当老师的野村，而对感情上的事只字不提。

就在这时，久仁子突然来到札幌。

“吓了一跳？”

“你怎么不先来个电话，我昨天才从小樽回来呢。”

津山手忙脚乱地从房间一角拿出坐垫。

“我想好了，一定要来一次，不管你在不在。”

久仁子将手提包放在一边，双手齐齐地搁在膝盖上，正襟危坐着。“今天我来求你一件事。”

“什么事，这么严肃？”

多日不见的久仁子身穿一条褐色连衣裙，胸前戴了胸花，头发朝后梳起，比先前在札幌时显得成熟不少。

“我接下来说的话，你一定得当真听着。”

“这可不好办，有的话能听，有的可没法听。”

“你只要有心，一定做得到。”

“好了，好了，你到底想说什么？”

“那我就说啦。”久仁子重新坐正，闭上眼睛轻轻地咬了咬嘴唇，“我想请你对我动手。”

“动手？”

“是，让我不再是处女。”

一瞬间，津山觉得久仁子疯了。但久仁子显然是认真的。她低着头，双手端放在膝盖上，犹如一个等待斩首的囚犯。

“你这是怎么了？”

“我下星期要结婚，反正要失身了，在这之前，我想把自己给我喜欢的男人。”

“可是你……”

“不用说了，那个人我不喜欢。”

久仁子直瞪瞪地看着津山，津山一时间不知所措，像是被施了魔咒似的怔住了。

“就在这里，你动手吧！”

津山被镇住了，看似稚气的久仁子不知从哪儿冒出来的勇气。

“你这是当真？”

“我不是随便说的。”

久仁子低着头，头发朝前垂着，露出细长的脖子。

也不知为什么，津山不断地挠着头，站起来，坐下，坐下又站起来，这样来来回回几次后，最后慢慢地挪到久仁子的边上。

“真的，你想好了？”

“是……”

“那好吧。”津山心里依然有点犹豫，慢慢从壁橱里取出被褥。

正如久仁子说的，她还是个处女。

在津山进去的瞬间，久仁子仰头轻轻呻吟了一下，随即紧锁眉头，咬住嘴唇。

就那样，久仁子紧闭双眼，不敢错过每一个感觉，双手紧紧地搂住津山的肩膀。

有过多次经验的津山倒显得有点紧张。“痛吗？”津山问，当他确信无疑地看见久仁子摇头，才敢小心翼翼地继续前进。

久仁子这个北国女孩全身皮肤洁白如凝脂，然而此刻津山顾不上细看。

终于，津山再也无法按捺，他死死地抱紧久仁子，任凭自己破竹而去，久仁子那纤细的手腕不由得也搂紧了他。

八张榻榻米大小的房间里，只有一盏台灯发出昏暗的光线。

当津山平静下来，侧身拥住久仁子时，津山终于明白久仁子是多么爱自己，在她看似温顺朴实的外表下藏着比谁都倔强的个性。

要是可能，津山真想就这样把久仁子留在身旁，等待合适的时候再和她结婚。虽说当初是在舞厅相识，他并没当真，但像久仁子这么率真、纯洁的女孩今后怕是很难再遇见了。

“我这一辈子都不会忘记你。”久仁子紧贴着津山的胸前说。

“我也不会忘记你。”津山这次是认真的。

可是，一夜之后，津山还是下不了决心就这样和久仁子在一起。自己还年轻，收入也不稳定，况且久仁子已决定和那男人结婚，他不想这时再让她动摇。再说，就这样和久仁子结婚的话，野村他们一定会笑话，津山不愿意被人认为是很容易让一个女人拴住的男人。这种看似清高、故作姿态的念头令他迅速冷静下来。

五

津山到的那天，钏路真可谓秋高气爽，天蓝云白，这让他觉得不虚此行。

津山和浦本坐上书店来接他们的车，从靠近阿寒的机场往钏路市内的O宾馆驶去。

“演讲会两点开始，五点半举行签售会。”胖乎乎的书店老板把定下的日程又说了一遍，“您是第一次到钏路吗？”

“很多年前，还是学生的时候来过一次，那以后就再没来过，一直想来看看。”

不知何故，津山说得非常自然。

“那太好了，晚上我带你去看看钏路的美女。”

车子在平坦的大道上行驶着，周围是一片辽阔的原野。从车上看去，右边是大海，那是太平洋，原野便是根钏原野。根钏原野其实是一望无际的湿地，冬天大地冰封，所以只能生长杂草和灌木，而且只能长到半人来高。

“那边是J和H造纸厂。”

在一望无际的原野上，忽然呈现出楼群和高高的烟囱，烟囱里吐出的白烟，在秋天碧蓝的晴空里画上数条笔直的白线。原野的尽头是连绵的丘陵，再往前，依稀可见阿寒连峰。

“现在正是钏路最美的时节，夏天因为海上雾浓，很少有晴天，秋天可是爽朗得很。”

道路两侧的房子慢慢多了起来，望着渐渐接近的钏路，津山想起井浦久仁子。

那夜分手后，久仁子再也没有来信。她说一周后结婚，想必一定结了婚。

她只说男方是钏路人，至于名字和职业，津山问了几遍，久仁子都没有告诉他。

掐指算来，已经过了十六年了。

回忆起那段岁月，津山有怀念，但更多的却是羞愧。那时候的他几乎染上了所有的恶习，可谓五毒俱全。所有这一切都枉费了自己的青春，干的尽是些自以为是、毫无意义、伤害别人的事。久仁子就是这样被伤害的人，尽管最后是她主动要求的，但不能否认，在这之前自己玩弄了她的感情。

年近四十，津山开始为自己年轻时的所作所为感到羞耻，那段历历在目的往昔，令他不忍回眸。

久仁子的的确确说了“我想把自己给我喜欢的男人”。既然她送上门来，何乐而不为呢？但自己的作为事实上却深深地伤害了她。当初自己怎么就没替久仁子着想呢？

十多年后的今天，津山终于切切实实感悟到，久仁子的善良和她的伤痛。

时光流逝，津山对往日的感情反而变得敏感起来。这或许有点奇怪，但时间的冲洗，让津山终于可以站在客观的角度去体验人生的所喜所悲。

“这里就是市中心。”

眼前，左手是超市，右边是个公园。一片片的白桦树，再向前便是住宅公寓楼群。

久仁子现在就生活在这里吧。久仁子比津山小一岁，十六年前她二十一岁，那么现在应该三十七岁了。按理，她可能已有两个孩子，大的兴许都上中学了。丈夫如果在公司任职，论年龄也该是个科长，仕途顺利的话可能已当上部长了。

津山到钏路来的事，听说已上了报纸，那么久仁子也许已经看到。她也许会躲开丈夫，把那段新闻反复读几遍。她一定没有料到当年倾慕的男人，自己甚至为他奉献出初夜的男人，在年近四十的时候竟然会到自己的家乡来开演讲会。所以，久仁子大概比津山更感到困惑和不知所措。

车子驶上一座桥，这时，一股浓浓的海腥味飘来。从阿寒连峰流下来的阿寒河在这里奔腾入海，码头就在前方。车子过了桥，穿过车站前的市场到达了O宾馆。

演讲会两点开始，地点在市立图书馆的大会议室，由书店和文化协会共同主办。会议室大约可容纳二百人，那天基本上都坐满了。可能是时间的关系，听众中职员模样的人很少，基本上是些家庭妇女和学生，对于白天的演讲会来说，这就算不错的人气了。

津山的演讲是以“我和小说”为主题的，他讲了自己开始写小说的冲动，还有对青春时代的回忆。

津山一边讲话，一边想，久仁子也许就在下面的听众席里吧。他在众多的听众中寻找着中年主妇模样的人，但光阴荏苒，仅仅凭他记忆中久仁子那脸色苍白的印象是难以确认的。

演讲会结束后，在休息室津山和市文化组织的成员又聊了一会儿。他抱着一丝希望，希望久仁子会出现在他面前。可惜，最终只有两位年轻女读者拿了书请他签名，除此之外，再也没有人进来找他。

从图书馆出来，津山回宾馆的房间稍作休息，心里依然期待着。

下午两点，正是孩子放学回家的时候，当主妇的久仁子很难出得来，但傍晚四五点那会儿，以借口买东西的样子出来，谁都不会注意。至于津山住的宾馆，只要问一下书店或报社，就可以打听到。

津山隔着窗户望着钏路的市容，在不高的楼房尽头是一条河，河岸上停靠着几艘挂着五色旗的捕鱼船。书店老板说，在横跨钏路河的币舞桥上看夕阳西下，是日本屈指可数的胜景。眼下，这座位于日本最东面的城市，夕阳西斜，远在天际的大海和夕阳辉映成通红的一片。

如果站在桥上，可以迎面看见夕阳，不过，这天从白天起，天空就被淡淡的雾霭笼罩着，夕阳在雾中变得不那么透明了。

“差不多该出发了。”

浦本来了。津山重新系上领带，前往书店。书店里早有读者等着，所以，签售会提前十分钟开始。津山先要写上读者的名字，然后在读者的名字旁边签上自己的大名。

店员事先列了一份买了书的读者名单，津山在那纸片上寻找着久仁子的名字。久仁子结婚后，应该已经不用“井浦”的原姓，但“久仁子”是不会变的。

津山仔细地寻找，不放过每一个女人的名字。可惜，没有久仁子，中间有一个和“久仁子”一样读音的名字，他抬头一看，站在面前的根本不是。

签售会刚开始时读者很多，津山马不停蹄地签着名，但过了三十分钟左右，慢慢稀稀落落起来，一小时后便结束了。

久仁子最终没有出现。

在书店的会客室喝茶休息时，津山不觉有点失望。

“您辛苦了……”

“哪里……”

“走，我们一起吃饭去吧。”

在书店老板的带领下，津山和浦本来到一家日式料理店。那家店位于山上，在那可以望到海景。端上桌的螃蟹、扇贝都是大个头的，一看就非常新鲜，在东京是很难有口福尝到的。可津山却一点都提不起劲来。

在东京的时候，津山没想过要去见久仁子。十几年前，这个曾留下苦涩回忆的地方，如今还怎么好意思厚着脸皮跑去呢？

在浦本的一再劝说下，津山才改变了主意。他想，去一下也好，让自己重新反思一下以前的劣行。事实上是他伤害了久仁子，如果能重逢，他希望自己能像当年的久仁子一样直率，老老实实地向久仁子道歉。

津山到达札幌后，这些念头变成了一个简单的心愿，那就是能见到久仁子，让他能看她一眼，这个和自己的过去、自己的青春紧紧地纠缠在一起的女人。津山变得迫切起来，他想见到她，和她一起共同回忆往昔。

“有点起雾了。”

店里的女招待拉开纸拉门，原本可以一览无余的钏路港夜景，此刻变得朦朦胧胧，只有灯光在雾中被恍惚地放大了。

津山出神地望着雾中的灯光，也许，久仁子已经不在钏路。十六年漫长的岁月足以让一个公司职员换几处地方，久仁子可能已不在钏路，这么简单的事自己怎么就没想到呢？

“我们到外面走走吧。”

三人结伴向市中心方向走去，他们沿着山坡往下走，再朝左一拐便是大桥。傍晚时分还可以在桥上看夕阳，而此时，海上的雾飘过来，雾气笼罩着桥灯，白烟袅袅。

渐渐地，雾大了起来，打湿了身上的衣服。是到了该穿风衣的季节了。

他们一行又转了两家酒吧，待酒酣耳热地回到宾馆，已将近十点。浑身上下都被雾打湿，身上的海腥味儿阵阵袭来，津山想赶紧冲个澡。

“是津山先生吧？有留言给您。”

津山到前台取房间钥匙时，总台的服务员递给他一张纸条。津山醉眼蒙眬地打开，纸条上写着：

今晚八点我来过宾馆，可是你不在，我就回去了。晚上十点我再给你打电话——井浦久仁子。

津山的醉意一扫而光，他急忙乘上电梯。

“有什么急事吗？”

“噢，不是很重要的事。”

津山敷衍着回答浦本，出了电梯，立刻回到房间。

他解下领带，脱去西装，刚点上一支烟，电话铃便响起来。

“喂，有外线找您。”总机说完后，电话那头静了片刻，津山屏息凝神地等待着。

“喂喂……”

“能听出来吗？我是井浦久仁子。”久仁子的声音一如往昔，干脆利落，“刚才我去宾馆了。”

津山想，终于可以见到她了，千里迢迢跑到这边远小城，总算有了一点结果。

“被书店拉去喝酒了，早知你来的话，我就早点回来了。”

“我想去看看你，可惜没能遇上。”

“这会儿不方便出来了吧？”

“太晚了，已经十点了。”

“你住哪里？”

“在千岁町，就是春采湖的方向，不过要过去不少路。”

“你明天有时间吗？”

“下午的话没问题。”

“下午……我已订好十一点的飞机回去。”

“那么早啊。”

津山点点头，下决心开口问道：

“你这是从家里打来？”

“是啊。”

“你丈夫呢？”

“就在这里。”

“就在边上？”

“对，在边上看电视呢。”

津山大跌眼镜，他弄不清久仁子是怎么想的，居然在丈夫眼皮底下打这样的电话。

“我丈夫可是你的忠实读者，还是我推荐他看的呢。”

“你丈夫做什么工作？”

“开药房的。”

“卖药的？”

“你要是喝多了，胃不舒服的话可以找他。对了，你这会儿上我家来吧。”

“……”

“我想让你见见我丈夫，他可是个性格开朗的人，和你一定合得来。”

“你有孩子了？”

津山越来越弄不明白久仁子的心思。

“三个孩子，大儿子上中学，下面两个女孩，一个上中学，一个上小学。今天我还带着最小的那个去宾馆了呢。”

“……”

“对了，明天的飞机不能往下延一班吗？这样，中午可以和我全家一起吃个饭。”

“航班改不了……”

“可是，时隔十六年啦，也不知你下次什么时候再来？”

“是啊，那么你幸福吗？”

“托你的福，虽说是在这偏僻地方，住惯了也不错。”久仁子说着哈哈大笑起来，“对了，明天真的不行吗？”

“我还要赶回去。”

“太遗憾了，那么，要是航班能延的话，给我打个电话，我等着。”

“哎。”

“见到野村他们了吗？”

“没有。”

“也不知大家过得可好？”

“应该挺好吧，那么就这样了……”

“你这就要挂电话？”

“你丈夫会不高兴的。”

“他才不会呢，对了，要不要和他说几句？”

“不用了，你多保重。”

津山放下电话。床上，堆着他刚刚脱下的西服、领带。

大雾警笛声从远处传来。

津山站起身，拉开窗帘朝外望去。宾馆的内院大雾弥漫，那白色的雾气在灯光下涌动不息。大雾从海上飘来，慢慢地、百折不挠地，充斥到大地上每一个空间，每一处缝隙。

我的性生活

一

“你听说过《性生活》吗？”

眼看快到截稿日了，我依然无从落笔，急得走投无路，无奈，只好逢人便问。

在两天之内，我已问过六个人。其中，两人是办公室小姐，两人是中年男职员，另外两人是做编辑工作的。每个职业正巧分别是两个人，这倒不是我一开始就计划好的，只是事后一数，才发现竟然这么凑巧。

那么，现在我将得到的回答记录在此：

两位女孩中稍年轻的一位二十一二岁，漠然地回答：“不清楚。”另一个略微年长，二十七岁，她一边揣测着我问这问题的真实用意，一边诧异地看着我：“那不是森鸥外写的吗？”

接着是中年职员，这两位都是上过大学的，其中一个在N商社当股长，他答道：“你说的是什么呀？”接着他又像想起什么似的问我：“你不会又在胡思乱想什么吧？”说完，他别有用心地笑了起来。另一位是在高中教社会课的老师，他微微点了点头，回答道：“那是森鸥外的作品吧，写了有关性的觉醒。”

至于那两位编辑，一个二十八岁，另一个三十三岁，被我问过后，两人同时紧盯着我，像是要探究我问这个问题的真正用意似的。

“我要写一本名为《我的性生活》的小说。”听我这么说，他俩同时点头：“噢，挺有意思的。”

“所以，我想知道《性生活》。”

“是这样……”

“到底是什么呢？”

“这还确实是个问题。”

当然，他们应该早就知道森鸥外的作品中有一部《性生活》，但因为我问得郑重其事，他们不敢确信，觉得“有一部小说和这同名”一定不是我要的答案。

“森鸥外有一部叫《性生活》的小说。”没办法，我只好自己说。

“这不就行了吗？”

“不是行不行，但那只是小说的题目而已。”

“是啊。”

“和小说无关，我想知道这个小说题目，那个拉丁词语本身的意思。”

“被你这么一说，这词还真有点怪怪的。”

“这个词嘛，确实让人有点似懂非懂。”

谈话在这里又进了死胡同。

想想，这事的确有点怪诞。一般有点教养的人（这话听起来有点刺耳），你问他《性生活》，他大概都知道这本书，可是你再问他“这个题目的拉丁语到底是什么意思”，那他就一头雾水，不知所云了。

苦思冥想之后，最后他会说：“那是森鸥外小说中所描述的，青春年华，情窦初开……”除此之外他便不得要领了。

这时候，我便卖弄地说：“本人上医科大学时在学德语的同时稍稍学了一点拉丁语，我想搞清楚的是小说题目的拉丁语‘Vitasexualis’的真正意思。”

其实，如果只是想知道这个词的真正意思，那么查一下拉丁字典，就能找到。我曾查了一下，这实在是个普通而单纯的词。我的目的是让大家了解这个词的真实意思，揭掉它的神秘外衣，把它从森鸥外的“Vitasexualis”这句咒语中解放出来。

这实在是件令人愉快的事，比我拟下“我的性生活”这个题目更令人击节欢呼。因为在过去的近半个世纪，《性生活》堂而皇之地藐视日本文坛和整个社会，而我，将把这个令人摸不着头脑、披着神秘外衣的词抖落到光天化日之下。

这事就如同那些摆在国会讨论的事，待你仔细一听，就会发现那水平还不如孩子们的研讨会，或者就像相扑裁判员的慎重审议，一旦从麦克风里传出来，竟是如此幼稚。“Vitasexualis”也一样，一旦被译成日语，竟然是如此平凡。

那么，就让我们来看一看，这个原本普普通通，却摆出让人顶礼膜拜姿态的“Vitasexualis”吧。

二

今天，我不会再说森鸥外的《性生活》无聊乏味。第一，我开始读这本书是在高中一年级，因为太枯燥，我读了一半就扔在一旁，再也不想看下去。所以，现在也没必要说它没意思。

也许，再早一点，在中学一二年级时我读到这本书的话，倒可能会被打动。那样的话，现在回想起来，兴许会被我贬得一文不值了。

总之，《性生活》在明治末期也许是一本轰动一时的小说，但对经历了战后的混乱、男女共同上学的我来说，这本书实在是太枯燥、太装腔作势了。我之所以这么认为，最大的原因是我只注意小说的故事情节，再加上我自以为是的理解，更不能否认的是时代不同了。

当年我读高中一年级，觉得这小说实在太枯燥，无法读下去，那么，如果让现在的高中一年级学生看这本书，他们也许会觉得太可笑，以至于捧腹，也可能会讥笑作者是多么幼稚啊。

我们暂且不谈这些，我的问题是“Vitasexualis”这个词本身。

森鸥外的《性生活》是以这样的文字结束的：

> 金井君拿出毛笔，用拉丁语在封面上写道：
>
> Vitasexualis
>
> 书毕，把它扔进了那堆书里。

在森鸥外的这本小说中出现了多处德语。是因为写到性，所以用德语来隐晦一下吗？可又不尽然，森鸥外不仅仅是在涉及性的地方用了德语，而是就像当医生的，时不时冒出几句德语。

Vitasexualis 一定也是这样的。

既然把这个词当作小说的题目，我想，一来是这个词多处出现在小说中，二来是一定没有比这个词更理想的题目吧。

于是这个拉丁词摆出一副知识渊博的样子，让人有点望而却步，我既然谈到这篇小说，那就得解释一下。

Vita 改用英语说的话，就是 Life 的意思。

那么众所周知，Life 即生、生命、生活，有时也可作“生涯”解。

Life 的反义词是 Death，那么也就是说和死亡正相反，Life 即生机勃勃、充满了生命的东西。

这些都可以从 Vita 的词源中查到，那 Vital 则是个形容词，意为生命的、活生生的，从这些意思中可以引申到生命中必要的、不可缺的。进一步更可理解为给予生命力的、至关重要的，在诗歌或文言中，它的含义也可能是“赋予你生命”。

Vitamin（维他命）正是从这个词衍变而来的，指的是生命中不可缺的、让你充满活力的微量元素。

无须赘言，Vitality 也是从 Vita 派生出来的名词。

由此，你可了解到，Vita 的词义中“含有生机、活力、有生气”这些含义。

另一个词 sexualis，是拉丁语词根派生词，在名词后面加上 is，意为“性的、性感的、生殖”的，等等，很简单易懂。

这样的话，Vitasexualis 的词义就明明白白的了。

所以 Vitasexualis，含义就是“性的生涯、人类的性、性生活、性的活力”。

我不清楚森鸥外是怎么看待这个“Vitasexualis”，并将它作为小说的题目的。但从小说的内容推测，用“性的生涯”“性生活”来解释是比较妥当的。

但是，森鸥外六岁接受性启蒙，二十一岁结束性生活，从这个意义上讲，这本书起名为“我的前半生的性”或者“六岁至二十一岁的我的性生活”也许更为确切。

总之“Vitasexualis”这个看似深奥的词，译成日语也就是“性欲生活”或“性生活”。

而这些词，如今的人们都有点听腻了，不用森鸥外提出来，原本就明白。

再说，既然是“性的生涯”，那么就不一定只写情窦初开，或者幼时的性朦胧，那只是人们生涯中的一半，和“性的生涯”的意思相悖了。

不知是因为森鸥外先生的高明还是狡猾，也可能是他怕被大众检阅，森鸥外在《性生活》中，对二十一岁以后的性只字未提。然而，从中年到老年这段时期是性生涯中最旺盛最有活力的时期，少年就太稚嫩、太容易受伤。

我太多嘴，说到岔道上去了，但我的目的不是要批评森鸥外的《性生活》。

我只是想说，既然叫“性生涯”，那么也没必要像森鸥外先生那样，把少年时期的性那么浓墨重彩地写出来。

我觉得，那部作品只是“性生涯”的引子罢了。但如果题目是“Vitasexualis”，那么没完没了、连篇累牍地写性生活也是大可不必的，因为正如前面查证的那样，它包含了其他更为广泛的含义。

比如，可以解释成性的活力、性的欲求，这种译文可能更有吸引力。

总之，但凡和性有关的都可以包括在内，性好奇、性冲动、性行为、性结果、性思想，都在“Vitasexualis”之内，而且这个词没有年龄的限制，从一岁到八十岁之间发生过的、有关性的事情都可以归纳进去。

所以，不要因为是森鸥外先生写了《性生活》就觉得它那么深奥神秘，这是你们自己制造的假象，而事实上“性生活”本身是非常单纯，非常普通的。

我的开场白过于冗长了，但凭借这开场白，我拂去了一点森鸥外先生的影子，减少了一点压迫感。那么从这里开始，我要写我自己的“性生涯”了。

三

在我的性生涯中，如果要我说出一个对我至关重要、举足轻重的女性的话，那么我毫不犹豫地要提到宫野乃夫子。

请别误会，这并不是说她就是我曾经的最爱，或是我最不能忘怀的女性。

听我这么说，我想在读者中一定会有人反驳：一个男人性生涯中最重要的女性，当然应该就是他最深爱的、最难以忘怀的女性。

当然有些时候二者是一致的，但通常二者是似是而非的。那些曾经和数个女性有过深交的男人，应该可以领会这种差异。

在男人一生的性生涯中占据了最为重要位置的女性，往往不是他最深爱的女性，这是男人的特征，在女性中并不多见。

对女性来说，性生涯中最为重要的男性，通常是她最深爱的男性。女人的爱情伴随着性得到深化，这就是所谓“女人的爱是生理性的”的理由。

比如，最初令你痛苦、讨厌的对象，随着快感的发生，渐渐变成你喜欢的对象，这种显著的变化，对男性来说是不可能的。

男性的性本身，自慰也好，性交也好，在本质上没有什么区别，反而自慰的话少了烦琐的手续，可以准确地刺激关键部位，有些时候比和对此事半生不熟的女性来得更好。这就是尽管土耳其浴室被女性嗤之以鼻，但依然能够红火的佐证。

也就是说，对于男人来说，尽管他和形形色色的女人有染，但这不等于女人从性到精神对他都会产生影响。男人可以做到性就是性、精神就是精神，两者完全可以互不相干。

再进一步说，因为不同女性的影响，男人的性质量得到一个飞跃也是不可能的。男人在性过程中渐渐得到快感，直达高潮，这令人眩晕的一瞬间，稍纵即逝。男人获得短暂的快感，这种生理现象对小伙子也好，中年男人也好，都是一样的，可能人过中年，男人在生理上的快感还会下降。

有人说，男人因为女人而知道了性，这只是说男人知道了各种各样的性的方法，性本身在本质上没有变化。诸如此类，皆为性技术，而和性的深化无缘。

我这么说的话，可能会被质问，“按照你的理论，不管具备什么性技巧，女性对男人来说仅仅是性技术教育者，或者辅导员而已，在增进快感上毫无帮助。那你还说什么最重要的女性？”

正是这样，女性充其量只是个技术指导员而已，当然她们方法上各施其政，不尽一致，但没有实质性的区别，仅仅是性伙伴而已。

但是，在芸芸众生中有一个女人不同，在许多男人的性生涯中有一个女人举足轻重、至关重要。

日语中有一个词叫“开眼”，意思是女性在某个晚上，突然感受到了性的快乐，这一瞬间叫作“女体开眼”。

有时候，一些马大哈的人以为，女人不再是处女的瞬间就是开眼，这完全是错误的。

“女性并不是在她不再是处女的瞬间成为真正的女人，而是在她体验到性快乐的瞬间成为女人。”

所以，不懂得性快乐的女人不是一个真正的女人，仅仅是一个女性而已。希望大家不要误会。

可是，男性也有“开眼”一说，和女性一样，这并不是指男性失去童贞的时候，男性失去童贞比起女性失去童贞更不值一提。

男人有一天突然发现原来女人也喜欢性，也同样好色，这时他会大吃一惊。男人总以为，在青春期只有男人才有性需求，男人骚动难耐，女人只是勉强迎合，女人是不会主动要求性的，她们一副静心寡欲、清高纯洁的样子。

突然某一天，男人会大跌眼镜，他们终于明白这种想法原来是自作聪明。女人和男人一样，对性有渴求，因为性而愉悦，她们的这种欲望甚至比男人更为强烈。

当男人意识到这一点时，他们受到的震撼是难以想象的，几乎觉得神经错乱。

这也难怪，“女人是讨厌性的”，这种二十多年来自己坚信的东西，突然从根本上被颠覆了。和这种震撼相比，男人在失去童贞时受到的小小惊吓实在算不上什么。

从这时开始，男人便开始在性生涯中艰难地跋涉了。

既然女人在性过程中能体验到快乐，那么男人自然认为“让女人愉快的是男人”，这个念头渐渐演变为“不能让女人愉快就不是男人”，男人的这种思维最终上升成“我该怎么做才能让女人高兴”。从此两性关系中出现了男人为女人奉献，并隶属于女人的现象。

即使到了这个关头，男人还没意识到眼前的女人就是他要战胜的对象，他依然把目标锁定在围绕在这女人周围的男人身上。

所以这世上就会有男人，为了博得一个女人的欢心，而忘我地投身于同她周围的男人的争夺中。

对男人而言，没有比这场性的战争更激烈更严酷的了。因为这场争夺战和地位、家庭背景、经济基础毫无关系，这是男人一个人的战争，没有比这更赤身裸体、孤军奋战的战斗了。

更何况，一旦败北，对男人来说将是致命的，因为没有援军，他只能背水一战，所以一旦败下阵来，便很难重整旗鼓。

在原始社会，男人就是凭借雄性阳刚来一决胜负的，并根据这个论资排辈，这种区分强者和弱者的规则是如此简单明了。

而在现代社会，许多男人对这样以性的优劣来论资排辈的方式表示轻蔑，觉得它太低级、太像动物了，女人们也皱起眉头说：“我们可不是动物。”

但种种迹象表明，事实和这些话恰恰相反。在人们的心目中，这样的论资排辈已被默认，这种认同已经深深地埋在内心，很难觉察，只在偶然的一瞬露出庐山真面目。

举个例子，男人之所以会鬼迷心窍地拿自己的阳具和别人的比较，然后或喜或悲，证明他们非常在意这样的竞争。另外，女人们悄悄地翻阅有关性知识的书，然后一边浮想联翩，一边偷偷叹气，最终以性格不合为借口而要求离婚，这也是她们看重性生活的佐证。

诸如此类，不需要旁人说教，男人们知道，这场性的战斗，和现实生活中的地位、金钱一样重要。

然而这场战斗的胜负，不是男人与男人的对决能够得出的，它的输赢胜负是以女人为媒介的，凭借女人的感受做出判断，它涉及了一位裁定者。

然而这个裁定者是一个有血有肉的女人，她既贪婪，又情绪化。她时而非常公正坦白，时而却谎话连篇，有时她实事求是，有时却颠倒黑白。

即使这样，裁定者只有她一个人，不服也好，生气也罢，你别无选择，只有听凭她的裁定。

从这个意义上说，男人一生中第一次遇到的裁定者，对他的性生涯具有至关重要的意义。再夸张点说，“男人的生杀大权，全在她手上了”。

在性的战争中受了伤、败下阵来的男人们，全都无法经受她的验证，是她的受过者，而面带微笑地获胜的男人，也是全凭她获得了自信和力量。

在男人的性生涯中，没有比这位女性更为至关重要的了，她掌握了对他生杀定夺的大权。

在这一章开头时我所提到的女人——宫野乃夫子，对我来说便是这样一个有重要意义的女人，她是我遇见的第一个裁定者，并在很长一段时间里对我的性生活产生了影响。

四

如果套用森鸥外《性生活》开头的写法，应该是这样的：

“二十四岁了。”

这一年，我从札幌一所大学的医学系毕业，刚刚当上了实习医生。

因为是学医的，对女人的生理、身体结构，我知道得比一般人要多得多，这对于一个医学系的学生来说，也是理所当然的。但如果和同级的其他学生相比，就不敢夸口了。对于其他学科我是比较偷懒的，但对妇产科我却学得极其认真，从不缺课，不过其他同学对待妇产科和我同样认真，所以就不太有高下之分了。换句话说，对于妇产科我具备了和一般医学系学生同等的知识。

坦白地说，在那以前，我曾和三个女人发生过性关系。一个是和我同岁的女大学生；另一个也是大学生，比前一个小两岁；还有一个是护士，比我小一岁。

我奉出童贞的，不，应该说是夺去我的童贞的，是和我同岁的大学生，那时我十八岁。

在认识我之前，她曾和一个中年男人有过性经验。和她交往后，我不是垂涎欲滴，就是叹着气，强忍着冲动，苦苦折磨自己。在不止一次地看见我这么折腾后，她突然开口对我说：“你想要我的话，就动手吧。”

这种事情，被一个女孩子直截了当地说出来，我倒是愣住了，记得当时正在咖啡馆，我不知所措地要了一杯又一杯冰水。这时，那位女大学生站起身。

“走，去你公寓。”

这下，我那色胆也不知被吓到哪儿去了，我活像一头被牵往屠宰场的牛，慢吞吞地跟着她去了。

记得当时，我一边小心地走在残雪未融的道路上，一边心里直打鼓。我知道女人那里有两个入口，到底会不会搞错地方啊。后来学了医科，想起这事觉得自己真可笑，居然还会有这种担心，不过在当时，我还真是伤透了脑筋。

如果按照森鸥外的风格，在这里我应该对当时的心理做出细致入微的刻画，不过，我就免了吧。

总之，那时全凭那位同岁的女大学生的操作熟练，我才算完成了任务。此事对我以后的性生活几乎没有产生任何影响。

我和这位女大学生的关系持续了大概一年，在这期间，我没能听见她愉悦、满足的声音。

第二个女人是比我小两岁的女大学生，我和她是在与前一位大学生分手前一个月左右开始来往的。

她和前面那位女大学生一样，也不是处女，大概是这个原因，她轻易地答应了我，但她在性方面也不算怎么出色。如果将这两人做单纯的比较的话，我想第一个大学生更具有性技巧。

可惜的是，第二个女大学生面对的是一个刚刚失去童贞的男人，他只是心急地重复着单调的动作，所以尽管她感受敏锐，却没能达到满足的水准。半年后，她回旭川父母那里，我们便分手了。

第三个女人是我在读大二时认识的，她身材娇小，一张娃娃脸很招人喜爱。她在内科第二值班室当护士，我为了见她，自告奋勇地当上了内科临床课讲义员。

这个女孩确切无疑是个处女（开始我就这么认为，后来的感觉也证实了这一点），我非常喜欢她，不能否认，因为自己是她的第一个男人，在心灵深处，我有一种自豪和满足。

在和这个女孩的性交中，我终于掌握了主动权，自以为这下总算成了一个真正的男人，但我做的事和以前并没什么区别。

和以上这三位女性相比，宫野乃夫子截然不同。

我认识她时，她是札幌一家叫“新城”的夜总会的陪酒女。

我当时还是一个实习医生，不可能自己去这种风尘之地，是前辈 K 医师把我带去的。

乃夫子在夜总会的名字是伸子，她和 K 医师已经相识多年。

借着夜总会那幽暗的灯光，只见伸子穿着低胸、裙摆及地的黑色长裙，胸前戴着一朵白色花饰。她个子不高，身材苗条，犀利的眼神中带着点凶相，好在她的下嘴唇有点突出，这使她的眼神看上去稍稍柔和了一些。

伸子二十二三岁吧，那身黑色长裙把她衬得年轻有姿。

伸子笑的时候，眼睛细眯起来，那眼神实在令人销魂，可她的笑声却是嘶哑的，这嘶哑的声音和她年轻的外表实在是有太大的反差，这提醒我，女人的内心真是深不可测的。

总之，我以前认识的女大学生、护士，都是普普通通的女性，伸子这种风尘女性，我还是第一次遇见。

K 医师和伸子亲热地边跳舞边说话，但看不出他们有什么特别的深交，他们说的也净是些没有恶意的玩笑话。

伸子在和他周旋之余，不时坐到我身边。

“你是实习医生？”

“是的。”我有点紧张。

“你和 K 先生经常一起喝酒？”

“没有，今天是第一次。”

“是吗，那以后常来坐坐啊。”

“可是……先生他……”

“啊呀，你一个人来也没关系啊，我少收你点钱。”

刚才，我觉得她有点令人害怕，但一交谈，却发现她是这么爽快的人。

“跳个舞吧？”

“我跳得不好。”

“没关系，来吧。”伸子也不管我是否乐意，拉住了我的手。我一边站起来，一边朝K先生看了一眼，K先生正和坐在他身边的女孩一刻不停地说着什么，根本看也不看我们。

“哎，今晚我们在哪儿见面？”

“今晚？”

“对，等我下了班。”

“可……”对伸子冷不丁的邀请，我有点拿不定主意。伸子紧了紧和我相握的手。

“夜总会十一点半关门，十一点四十五分，你在楼对面的那家‘天鹅’咖啡馆等我。”

“那K先生怎么办？”

“K先生好办，你就说还有点事，就可以脱身了。”

“那你呢？”

“我？我和他什么关系也没有。”

伸子发出了沙哑的笑声，身子贴紧了我。

我突然变得心神不定，伸子见了我以后会怎么样？只是一起喝杯茶吗？还是……我脑子里思忖着，想着种种可能发生的情况，下半身却不听话地热了起来。

“我们走吧。”十一点，K先生站起身，我紧随着出了店门。

“先生，欢迎下次再来。”伸子一只手轻轻拍了一下K先生的肩膀，另一只手在我手腕上紧捏了一下。

“再去转一家怎么样？”出了店门，K说。我赶紧说要回去了。

“是吗？”K瞥了我一眼，摇摇晃晃地朝电车方向走去，“看得出，伸子对你有点意思。”

我立即否认，但K自顾自地往下说。

“那孩子性格豪爽，是个好姑娘啊。”

“先生和她……”我说出心里的猜测。

“我很喜欢她，但不会去招惹她。”

“为什么？”

“我认识她丈夫。”

“她有丈夫？”

“不算正式的吧，叫坂本，开着一家叫‘芝加哥’的夜总会。”

“就是五条的那家很大的夜总会？”

“伸子这家伙，迷上了那老板，还给他生了个孩子呢。”

“她有孩子？”

“那老板可是个花花公子，现在好像已经和她分手了，但因为有孩子，应该会给伸子钱，接济她吧。”

听到这意想不到的事，我不由得咽了咽口水。

“那老板是我朋友，我们从上小学时就认识，所以我不想去勾引伸子。不过偶尔接触一下那样的女人，对今后有帮助。”

K像在说别人的事似的，轻轻笑起来。

在约定的时间，伸子出现在“天鹅”，她一进来便看手表，然后说“走吧”。我刚想问去哪里，伸子不容我问，已拿了账单往门口走，她付了钱走出店门，立即扬手拦了辆出租车。

“中岛。”

我知道中岛是情人旅馆集中的地方。

“今天晚上没关系吧？”伸子的手从坐垫上滑过来，搁在我膝上，搁着的地方热乎乎的。

“好久没做这种事了。”伸子声音沙哑地说。我踌躇着不知怎么办。

伸子以前的男朋友是薄野有名的花花公子，曾经和这样的男人恋爱并有关系的女人，我能够让她满足吗？伸子一定充满期待，希望我会像那个男人一样给予她快乐。而我至今为止只有三个女人，况且还都是些不谙性事的女人。如此经验不足、对男欢女爱毫无技巧可谈的我，能为深谙此道的伸子做什么吗？

我越想越没信心，如果伸子大失所望的话，对我来说，刚想大胆尝试的冒险，在一夜之间就要寿终正寝。况且还要承受她蔑视的眼神：真不如我以前的男人。这真是太难堪了，不想遭遇这样的滑铁卢，趁早就别跟着去了，现在走人还不至于最后遭她唾弃。

也许你们会笑话，男人考虑问题竟会这么幼稚。可事实上，男人年轻时，可是把性当作头等大事来做的。

正如我之前所说的，在这里，我是考生，而伸子是考官。

回去吧，错失良机，更何况还有“不接受女人的调情，是男人的耻辱”这一说呢，反正伸头一刀，缩头也一刀，那就听天由命吧。我承认自己比那个花花公子坂本稚嫩，我也不是情场老手，但伸子也应该知道这些，既然如此还要和我调情，那么，只要我还能做男人最起码做得到的，她就不会失望吧？

可是，万一连这都做不到呢？当场败下阵来的话，那可是惨不忍睹的。那就不仅是没法再见伸子，就连再见K都没有脸面了，既然这样，那还有没有必要冒这个被大家耻笑的险呢？

我看了看周围，车子上了桥，夜色中河面泛着亮光，过了桥便是中岛。准备开溜的话，必须快点说了。

可不知为什么，我的嘴像是被堵住了似的，身体也像是被伸子的一根手指施了魔法，动弹不得。

这以后的事，我记不太清了。

当我那怯生生的东西战战兢兢地探出脑袋时，我想，千万不能错过机会，于是慌慌张张地闯了进去。

“进去了！”

一时间，我横冲直撞，使出全身的力气，不停地做着全身的运动，直至最后。

那时的我，就是一只雄性动物，全身心地为她做奉献。

渐渐地，她这个绝对的支配者和裁定者，开始发出深层的、泉涌般欢愉的叫声，这是我第一次听见，一个女人发出野兽般的声音。

这声音既令我吃惊，又令我鼓舞，我再次鞭策着自己。

“你，太棒了！”

完事后，伸子躺在床上，手指轻轻抚摸我的胸口，笑了。伸子笑靥如花的脸，是对我这一夜竭尽全力的褒奖吧。

五

这以后，我和伸子的关系维持了五年，直到她有了另一个为她效劳的人。

可是今年春天，时隔六年，我在札幌的G宾馆和伸子重逢了。伸子打扮得非常稳重，外表和那些贤妻良母没有任何分别。她手上捧着点心盒，说刚才去参加独生女儿学校的义卖了。

我们顺其自然地来到宾馆的房间，重温时隔六年的感觉。

完事后，伸子脸颊桃红地对我说：“还是你好啊。”

“你现在的丈夫很爱你吧？”

“可总是不那么协调。”

“我好像也是和你最有感觉。”

“看你，多会哄人。”伸子像以前那样用她细尖的手指抓着我的手腕。

“我早就想问你，第一次和我上床时，我真的有那么棒吗？”

“第一次？”伸子眼睛望着窗户，回忆着，不一会儿眯着眼笑道，“应该说是一般吧。”

“到底还是以前那个夜总会老板好喽？”

“那当然，没人能胜过他。”

“那你那时为什么要对我说太棒了？”

“我有这么夸过你吗？”

“你对我说‘没有比这更好的了’，你忘了？”

被我盯着，伸子认真起来。

“我一般对男人都是说‘真好’，所以大概对你也那么说了。”

“那么其实不怎么样，你也说不错？”

“太差劲的当然除外，对那些还说得过去的，我觉得说不错比较安全。”

“安全？”

“是啊，这么说的话男人就有自信，有了自信，男人便越战越勇，所以一定要夸他，这样，男人真的会很棒，结果当然是我受益啦。”

“这么说，我也是中了你这一招。”

“可以这么说吧。”

“你这家伙，还有这种心计。”

“可托我的福，那以后你才会自信地和各种女人交往啊！”

“连你这样的高手都征服了，我一定是不错的，这种想法是有过。”

“那你还有什么可抱怨的？你该谢我才对。”

“是吗……”

“那当然，因为我，你作为一个男人才有了自信。”

“这话倒没错。”

“要不是我，你现在也许还被自卑折磨着呢。”

“的确，是你的功劳。”

我在伸子那有了细纹的额头上轻轻一吻，走出房间。

我的“Vitasexualis”就写到这里了，不管这个拉丁词语该怎么翻译，伸子对我来说曾经是一个举足轻重的存在，这一点，是不容置疑的。

飞往巴黎的末班机

一

十二月，阿姆斯特丹的天，早早就黑了。

白天，整个城市被白茫茫的雾气笼罩着，到了下午四点左右，天色已暗，这时，路灯亮了，家家户户的窗口也亮了，灯光不约而同地亮起来，让阿姆斯特丹瞬间沉浸在万家灯火之中。

靖子的目光从办公桌上那一堆单据上移开，眺望着渐渐变暗的街道。

从她坐的位置往外看，办公楼的前面是铺着石板的马路，马路上有轨电车来来往往，路的对面便是商业街。

商业街上的房子清一色是四层高，底下一层都是商店。商店一家紧挨着一家，每家店都把橱窗布置得犹如女人的首饰箱，珠光宝气，光彩耀人。从楼顶垂下的霓虹灯饰在橱窗左右两侧镶上了华丽的光彩。

在荷兰，十二月二十五日的圣诞节，人们都是在家互祝平安、静悄悄地度过的，至于互赠礼物，那是在十二月五日，那天是圣尼古拉斯的生日 。平日的商店街是没有霓虹灯饰的，眼下布置得如此隆重漂亮，是因为还有三天就是圣尼古拉斯的生日了。

霓虹灯在夜色的映衬下耀眼夺目，靖子呆呆地望了一会儿街景，然后回过神来似的，将目光转向办公室。

这间办公室位于三楼，面积按照日本式的算法，大概为二十坪。办公室的中央放了三个人的办公桌椅，靠里面一角是分公司总经理的大办公桌，桌前摆放着接待客人用的沙发。

这里是日兴物产设在阿姆斯特丹的分公司，分公司一共有四人。总经理松崎是日本人，做销售的汉克和秘书兼打字员约翰娜都是荷兰人，再加靖子。

靖子负责处理分公司进货和出货的单据。靖子到这家公司上班前，曾在阿姆斯特丹的一位朋友那里住了三个月，但总不能一直寄居在别人那里，后来她听说这家公司需要日本人，靖子觉得正中下怀，便来应聘，结果被当场录用了。

靖子曾在日本私立R大学英语系学习，大学毕业后又学了英语口语，来阿姆斯特丹前，她独自在欧洲闯荡过两个月，所以没有语言上的困难。

靖子不会说荷兰语，但好在大部分荷兰人都会说英语，而且工作上的交流用英语就足够应付。当然，她不像约翰娜那样会英、德、法、荷兰四国语言，而且说得非常地道，靖子也不会打字，所以就被安排处理单据这样较简单的工作。

刚才被松崎叫去的约翰娜，回到靖子旁边的座位，开始打字。汉克下午外出后一直没回来，办公室里就松崎和她们俩。

靖子望了一眼正面墙上的钟，又低头看了一眼自己的手表。

墙上的钟显示四点十分，手表上已经是四点十五了。

“现在几点了？”听见打字声停了下来，靖子问道。约翰娜转过头，又看一下自己的手表。

“四点十五。”

“谢谢。墙上的钟慢了吧？”

“你四点五十五就可以走啦。”约翰娜耸了耸肩，她怕松崎听见，把声音压得很低。

约翰娜是个阳光开朗的女孩，刚二十二岁，比靖子小三岁。她是典型的荷兰姑娘，一头棕色头发，个头高挑。一年半前，分公司刚成立时，她就到这里了。

靖子再次望着窗外，天完全黑了，教堂尖顶上那依稀的余晖已经收尽。

“你有急事？”约翰娜打完了字，问道，“你一直在看手表，是不是约了男朋友？”

“不是。”靖子摇摇头。约翰娜朝她眨巴了一下眼睛，起身把打完的文件给松崎送去。

看见约翰娜走开，靖子从连衣裙的口袋里取出一封信来。

信封正面写着她的名字和地址：

YASUKO　TAZAKI

是用圆珠笔书写的，字迹有点潦草，信封反面同样是潦草的字迹：

YOSHIHIRO　KIRIKAE

下面又用汉字写着“切替义浩”。

松崎和约翰娜的说话声远远地传来，靖子从信封里取出信笺，那是航空信专用的薄薄的信笺：

二日我去巴黎，在巴黎只住一晚，三日要赶往贝鲁特。我原想去阿姆斯特丹看你，可是行程紧张，又和宁野部长一起，实在难以脱身。

这次的行程中，巴黎是离阿姆斯特丹最近的一站，所以，恕我冒昧，我想求你来巴黎，我住在凯旋门附近的“特华雍”，电话是6773052。我不知道下次什么时候还会再来，所以想看你一眼，我等着你……

靖子看了看右边墙上的挂历，十二月二日，星期五。她已看过不知多少遍了，确切无疑就是今天。

二

田坂靖子最后一次看见切替是一年前的冬天，当然是在日本。

十二月五日，傍晚六点，新桥的西餐厅“MARINE”。

时间，地点，靖子都记得清清楚楚。

靖子比约定时间提前五分钟到了，切替晚了十分钟。靖子的火烧眉毛、无法按捺的心情和切替的漫不经心，从这时间差上已略见一斑。

“走，上哪儿去填一下肚子。”切替刚喝了一口咖啡，就拿起账单站了起来。

“等一会儿……”

“怎么了？”

“你坐下。”

切替重新坐下。

“我有件事要问你。”

“有事要问？”

“是的，所以你坐下。”

靖子原本不想这么切入正题的，她知道这话先由自己提出来，自己就得处于下风，可是切替对他的迟到没有半句抱歉的话，进门就说去吃饭，接下去又是那老一套。切替把这一切都看作是理所当然的。靖子受不了切替的这种态度。

“我一进来，你就表情严肃，怎么了？”切替不可思议地看着靖子。

往常，靖子总是听话地和他在就近的店里，简单地吃点东西，就直奔旅馆。在旅馆里待到十点或者十一点，然后分手各自回家。这一切，切替和靖子都已经习惯。

“你有事瞒着我吧？”

“瞒着你？”

“对。”

“什么事？”

“你别再装糊涂。”

“我真不知道，你倒说说看。”

“你不想说，那我就告诉你。”

身材瘦小的靖子，一双眼睛显得特别大，她死死地盯着切替，心想：这话一出口，自己和切替也就完了。靖子这一瞬间的迟疑，让切替误以为她退缩了。

“你一定是误会什么了，快说出来让我听听。”

“我没有误会。”

“那你说。”

“你要有孩子了，是不是？”

“……”

“你太太明年春天就要生了。”

这冷不丁的突然一击，让切替措手不及，他慌忙把视线转向面前的白色咖啡杯。

“到底是不是？是个男人就把话说清楚。”望着切替一声不吭，靖子更加火冒三丈。

“你听谁说的。”没想到，切替的声音很镇静。

“公司里没人不知道，山代、野上、广田，只有我不知道。只有我被蒙在鼓里。”

“……”

“为什么不告诉我？为什么就瞒着我一个人？要知道，你终有一天是瞒不住的。”

靖子意识到周围桌子上的人在朝他们张望，这才把探出的脑袋往后退了退，压低了声音，冷冷地说：“从一开始，你就打算骗我。”

“不是这样的，我原打算下次见面时告诉你的。”

“下次，下次是什么时候，是不是准备在圣诞节，当作礼物送给我……”

“怎么可能。”

“那么，这到底是怎么回事？”

“反正不是什么了不得的事。”

“为什么？你俩要有孩子了，这还不是了不得的事吗？”

“可不是吗？这事和你我的事没有关系。”

“怎么没有？太有关系了。”

“可是你同意我结婚，也知道我结婚的事实，现在倒不能容忍我有孩子，这怎么也说不通吧？”

“我可没有同意你结婚，也根本没认可你的结婚。”

“但是你还是愿意和我来往，而且今天……”

“我再也不想看到你。”

“嗨，等等！你冷静点。”

“反正，我受不了你当父亲，也决不会原谅你当父亲。”

“别胡闹了……”

“这是对你一直瞒着我的惩罚，我不会再见你了。”

“唉，你怎么就不明白呢？”

“不明白的是你。”

“好了，别再胡思乱想了，别让这事搞得我们不愉快。”

“我回去了。”

“靖子！”

切替紧跟上来，靖子不顾一切地冲出店门。

靖子来到熙熙攘攘的大街上，刚才强忍着的泪水哗哗地涌了出来，她捂着脸快步拐了个弯，转到小路，躲在大楼底下，用手帕擦干眼泪。

那以后，靖子便再也没正式见过切替。

当然切替来过几次电话。再说他俩虽不在一个部，但在同一个公司上班，上下班或午休偶尔也会遇上。

每逢这时，切替一脸想对她倾诉的样子，朝她走过来，但靖子只要一看见他的身影，就立刻转过身，飞快地逃离他的视线。

事到如今，靖子真的不想再见切替。切替一边摆出一副对孩子不感兴趣的姿态，一边却让他妻子怀上了。靖子无法原谅这种欺骗的行为。他妻子都已经怀孕八个月了，他仍对靖子滴水不漏，被逼问后才说什么“我原打算下次见面时告诉你的”，这完全是搪塞之词。要不是被追问，切替一定满不在乎地一直瞒下去，就算现在被靖子知道了，但他已经骗了她至少半年。

切替的声音，有关切替的一切，靖子再也不想听，她希望自己尽快远离和他有关的一切。

这样的心情，一年前靖子就经历过一次了，那是切替结婚的时候。

在切替结婚前一年，靖子和切替就有了肉体关系，切替明知靖子爱着自己，却和现在的妻子结了婚。对此，切替的解释是父母一再催促，他不得已只好结婚。而事实是，切替和那姑娘住得很近，他俩自小认识，也可谓青梅竹马吧。不管是什么理由，选择那姑娘，并最后决定娶她为妻的是切替自己。

按理说，那时靖子就应该快刀斩乱麻地跟切替彻底分手。和一个已经成为别的女人的丈夫的男人来往太不明智，也太可悲了。

切替新婚旅行回来后，立刻跑到靖子那里，说自己的婚姻太失败，他还说，都是因为上了岁数的父母哭着求他，他一时心软才结了婚，现在后悔了。

“结了婚，我才知道自己最爱的是你。”

切替结婚时，靖子既伤心，又郁闷，茶饭不思。她想男人是最不可相信的。可看着他痛心疾首的样子，她虽然觉得他是自作自受，可心里却舒畅起来：看来他还是离不开我。

这个念头让靖子受到重挫的自尊心立刻振作起来，也唤醒了沉睡在她心底的母性。

一周之后，两人重修旧好。

切替和靖子又和从前一样，下了班约好在什么地方见面，一起吃过晚饭后上旅馆，过了十点再分手各自回家。他们去的是大久保附近的旅馆，每周一两次，次数地点一切照旧。

切替的言行，没有丝毫有妇之夫的迹象。

有时在旅馆过了十一二点，他也不着急。“下次我们约在星期六或星期天。”靖子故意为难他，可切替照样出来，有时还一起在外过夜。

“你太太不生气吗？”

“生气才好呢，那样她就会和我离婚。”切替像是在说别人的事那样，信口说着大话。

靖子望着他那从容镇定的模样，觉得切替和他妻子真的关系紧张。

不知不觉中，靖子便抱有幻想：切替会和妻子离婚，并终有一天会娶我的。

这种念头其实只是靖子主观的希望，并不是板上钉钉的将来。可这念头一旦冒出来，便迅速膨胀，以至于靖子觉得好像切替已向她许诺过一般。

靖子安慰自己：现在只是暂时把切替借给他妻子，切替最终会回到自己身边的，这一切都是暂时的。

靖子相信这个男人讨厌他的妻子，他们的婚姻马上就会破裂，可现在他和妻子的孩子居然即将诞生，这对靖子来说简直是晴天霹雳。

第一次听朋友告诉她时，靖子不相信。第二次听说时，她觉得是那朋友奚落她。当另外一个人又这么说时，靖子才相信了。

当靖子责问切替为什么欺骗她时，切替却说靖子知道他结了婚还和他来往，可知道他有了孩子却大闹起来也太可笑了。这话乍听起来挺在理，其实却是男人的强词夺理。

靖子容忍切替的婚姻是有前提的，那就是他不久就会和妻子离婚，眼前的状态只是暂时的。如果切替永远不可能和他妻子分手，靖子是不可能忍受的。

如今，有了孩子情况就不同了。

孩子意味着一个新的完整的家庭的诞生，夫妻之间有了新的牢固的纽带。这也意味着切替不仅仅是丈夫，他还要承担父亲的责任和义务。

细想起来，靖子觉得切替有魅力是因为他能干、有活力，丝毫没有居家男人的拖泥带水。周围的朋友也都公认：切替是个有能力的男人。现在，这个男人居然要在家里和妻子一起照料婴儿。一想到这种场景，靖子就恶心得想吐：原来他也是个凡夫俗子啊。于是靖子既懊恼自己心目中的偶像被彻底粉碎，又对自己生气——自己多么愚蠢，竟然会相信他。

和切替结婚已是一场白日梦了。

她觉得这个让自己抱有幻想的男人是多么可恨，又觉得自己轻易相信别人是多么可悲。终于,靖子对切替再也没有任何留恋了。

后来，听说切替有了一个女儿，两个月后，靖子辞职了。辞职的靖子回到了父母那里，在父母家闲荡一个月后，靖子拿出她的退职金和全部存款去国外旅游。

靖子的大学同学中有在航空公司就职的，也有结婚后去欧洲的，靖子跟她们联系后，离开了东京。

靖子没计划什么时候回去，旅费用完就打道回府吧，但她并没带多少钱，最多只能维持一个月左右，如果节省一些住在朋友家里的话，还能多待一个月吧。

靖子对观光没什么兴趣，她只是想离开日本，准确地说她想离切替远远的。

现在，靖子在阿姆斯特丹工作，心情也慢慢平静下来，这一切既不是她精心策划的，也不是出于她的初衷，她千方百计地让自己忘却切替，其结果让她留在阿姆斯特丹。

虽说有朋友，但身处异乡，靖子依然觉得很孤独。在东京时，靖子也是一个人，但只要想家，花两个小时她就能回到静冈，回到父母的身边。虽说自己也不常回家，但随时可以回家的安心感，从未让她感到孤单。

可在阿姆斯特丹就完全不同了，要回家不但要有足够的时间，还需要大笔的费用。

虽说在异乡，话可以说通，日常生活中也没有什么不便，但要寻找心灵上的沟通，就不尽如人意。如果在日本，有需要的话靖子马上可以找到倾诉的对象。

从活着的标准来衡量的话,靖子是没有任何障碍的。重要的是，待在这里她可以不再去想有关切替的一切。再说也有一些男人追她，她不和他们深交，只和这些语言不同、肤色不同的男人逢场作戏，倒也不乏乐趣。

渐渐地可以忘记切替了。

靖子对自己说，再有一年时间就够了，现在她有时一整天都不会想起切替，那就不需要一年，也许半年、三个月就够了。

自己怎么会和这种男人来往呢？回想起来，靖子觉得不可思议。当她醒悟到自己已变得如此清醒时，反而吓了一跳。

自己和切替的过去真的已成为历史？他的残渣余孽都被自己打扫得干干净净了吗？面对这样的问题，靖子又没有自信。

她担心，自己是在打肿脸充胖子。

最近几个月，靖子不再梦见切替，就算偶尔梦见，醒来后也没有痛不欲生的感觉。这让靖子既感到寂寞，又有点痛快。

三

“靖子，陪我一块去购物吧。”到了下班时间，约翰娜停下打字的手说。

“购物？”

“你说今晚没事的。”

“是的。”

“那就走吧。”约翰娜站起身，朝房间右角的更衣室走去，收拾着准备下班。松崎也开始收拾桌子了。

靖子站起身望着窗外，灯光被雾气弄得或隐或现。

“怎么了，还不穿上大衣？”

“今天是十二月二日吧？”

“没错。”

“飞往巴黎的航班最迟是几点？”

“你要去巴黎？”

“噢，不是。”靖子否认道，往更衣室走去。这时电话铃响起来，松崎接了。大概是日本朋友，松崎改用日语说起来。二十分钟前外出归来的汉克轻轻拍了一下靖子的肩，先走了。松崎大概是约了朋友，高兴地哼着日本的老曲子准备下班。

“明天见。”

“辛苦了。”

约翰娜和靖子跟松崎打完招呼走了。

五点刚过，下班的人们一下子从各幢大楼往外拥出来。骑自行车的上班族穿梭在车流中间。

“我想要一件带毛皮的大衣。”约翰娜双手插在口袋里说道。约翰娜现在穿的是件笨重的棉衣，不是毛皮的，而且袖口和下摆都有点磨破了。

“我们上哪儿？”

“卡尔弗大街怎么样？当然今天不买，先去看看。”

两人穿过公司边上的小路，沿着运河往前走。和繁华嘈杂的大道相比，两侧种着榆树的河岸显得非常幽静，如果在旅游旺季，河岸上会泊满载旅客的船只，这些罩着玻璃的船只全都有遮阳篷。

“雾好大啊。”

“是啊，真够大的。”

隔着运河，对岸人家的灯光在雾气下显得朦胧恍惚起来。

“今晚飞机能起飞吗？”

“飞机？飞机和你有关系吗？”

“当然没有，可这雾让人有点担心。”

“这点雾算不得什么，史基浦机场的设备可是世界一流的。”说着约翰娜朝天空张望了一下，浓雾重锁的夜空里，微弱的亮光中可以看见雾气流动。

她俩过了桥，经过王宫，来到达姆广场。

“你打算怎么过圣尼古拉斯日？”约翰娜一边迈开大步走过广场前的路口，一边问靖子。

“什么怎么过？”

“当然是和你男朋友呀。”

“我还没想过呢。”

“我打算和男朋友一起吃晚饭，然后上舞厅。礼物嘛，是一个手表链。”

“不错啊。”

约翰娜和在市保险公司工作的男朋友同居，那男孩比她大三岁，约翰娜管他叫“未来的丈夫”。在北欧，女孩子找未来丈夫的很多，所谓“未来的丈夫”，就是先同居，如果两人情投意合就结婚。

“靖子约了库力斯？”

“没定呢。”

“是不是有日本男朋友了？”

“怎么说呢？”靖子的话听起来好像不是在说自己，约翰娜耸了耸肩。

库力斯是个有意大利血统的荷兰人。他个子不高，性格开朗，生性幽默，靖子觉得和他在一起吃饭，或者上舞厅玩玩，是个不错的选择。他很幽默，可就是看上去像个游手好闲的人，让人觉得不够稳重。

库力斯在运输公司工作，靖子来到现在的这个公司的第三天，库力斯来送发票，他一看见靖子，便不停地夸“太美了”“太漂亮了”，还约她出去。起初，库力斯的一番溢美之词，让靖子觉得美滋滋的，但几次约会之后，靖子对他过于夸张的举止有点烦了。况且库力斯另外还有好几个女朋友，对工作也不怎么认真。

“性格再好，对工作马马虎虎的男人就太差劲了。”

虽然不是身在日本，靖子对男人的评价却是日本式的。

卡尔弗大街已经布置了霓虹灯，刚刚从昏暗的王宫经过，约翰娜和靖子一下子都有点不适应这耀眼的灯光。

卡尔弗大街宽约二十米，道路两旁是一家家布置得琳琅满目、经营男女高级时装的专卖店，临街的橱窗吸引着来往行人的眼球。这里可以称得上是阿姆斯特丹的银座。

这条街上的商店和百货店一样，一般下午六点就关门。你一定会想，这么早关门的话，晚上谁还会来这街上呀？事实上，晚上七八点，这条街上依然行人熙攘，那热闹劲儿一点不比白天逊色。这是因为店家的橱窗宽敞明亮，橱窗里摆了各式吸引人的商品，明码标价，商品的种类兼顾了各类消费者的需求。这样，人们可以一边慢慢浏览橱窗，一边在心里琢磨权衡，大概的目标确定后，再抽空去商店买下来。起初靖子对这种购物方式很不习惯，觉得这太不方便，现在适应了倒也可以对付。

但是，到了销售旺季的十二月，再悠闲的店主也不敢这么怠慢，特别是圣尼古拉斯节的前几天，他们会根据客人的需求，把商店的营业时间延长三小时，许多商店一直开到晚上九点。眼下正值销售旺季。

约翰娜一看到女装专卖店，便穿过人流，鼻子几乎贴到玻璃，一个劲地打量着橱窗里的衣服。

“我想要那种颜色的皮衣。”

那是一件磨砂的皮大衣，领圈上镶了灰色毛领。

“那是什么毛皮？”

“大概是银狐吧。”

“要四百五十六盾。”约翰娜念着标价，皱起了眉头。这个价格不是约翰娜的工资所能轻易承受的。

“我只要领子上有点毛皮就足够了。”约翰娜一边有点遗憾地说着，一边朝马路对面的商店走去。

借着橱窗里的灯光，吉卜赛人在路边搭起木台子，从袋子里取出金属饰品整齐地摆放在木台子上，那些首饰古色古香。上面标着:大的三个盾，小的两个盾。一些不急着赶路的人站在寒夜里，饶有兴致地浏览着这些首饰。

“这件咖啡色的怎么样？”约翰娜对吉卜赛的首饰一点兴趣也没有，她紧盯着右边的橱窗。

“要两百五十六盾啊。”

“我觉得挺不错的。”

“我进去问问。”约翰娜推开店门准备进去。

“对不起，约翰娜，我要回去了。”靖子轻轻碰了约翰娜的手臂。

“回去？怎么了？”

“我想起来今天有个朋友要来。”

“是这样，约了几点？”

“七点，还来得及。”

“那我一个人再转转，再见。”

“再见。”

约翰娜轻轻挥了挥手，推开了店门。看着高挑的约翰娜消失在玻璃门的那一头，靖子走了。

马路上依然是络绎不绝的人流，一派热闹繁华的景象。因为这里禁止车辆通行，所以人们可以放心地漫步其中。

靖子汇入人流中。看了一眼手表，五点三十。右边是电影院，再往前是一家咖啡馆，隔着玻璃窗，靖子看见一个老妇人在吃牛排，满嘴塞得鼓鼓的。靖子继续朝前走了几步，又折身往回走，进了刚才的那家咖啡馆。

咖啡馆里人头攒动，坐满了刚下班的人们。靖子在那老妇人斜对面的位子上坐定，点了一杯咖啡。靖子中午只喝了一点豌豆汤，但现在依然没有食欲。那位老妇人站起身，拖着细长的购物箱走了出去。

咖啡端来时，靖子又看一眼手表。五点四十。

“要加奶吗？”

“谢谢，来一点吧。”服务员加完奶走开了。玻璃窗外人流不绝，一对年轻情侣走了过去，一个母亲牵着孩子走了过来，那个孩子穿着和母亲一样的栗色大衣，头上戴着一顶连着围巾的帽子。

靖子一直看着那孩子消失在人流中，从手提包里拿出那封信。

“……在巴黎只住一晚，三日要赶往贝鲁特……求你来巴黎……”

靖子不敢再念下去，她害怕地收起信笺，闭上眼睛。

黑暗里，靖子努力说服自己。

事到如今，一切都木已成舟，再见切替有什么意义？切替和他妻子有了孩子，夫妻关系一定越来越牢固了。如果切替真心想和他妻子分手，像他这样一个办事缜密的人，不会在信中只字不提。他说是陪着部长，能和部长一起出差，看来事业上一定一帆风顺。

当初切替抛弃靖子，如今却让她去巴黎相会，这个男人是怎么想的？什么想见她，这纯粹是他的一厢情愿，借着海外旅游，享受一下被解放的自由感，和往日的旧情人共度良宵，抱一抱自己曾经熟识的女人，仅此而已。

我不是他的情妇，往事不堪回首，如今离开他我照样能活下去。我现在根本不再去想有关切替的一切，我已治愈了伤痛。一切都已成为过去。

切替是不是觉得，只要他一纸书信，我就会飞到巴黎？他一定以为我现在还像从前那样倾慕他，真是太可笑了。我可不会听凭这种自私男人的摆布，他太低看我了。

靖子说服了自己，慢慢睁开眼睛，马路上依然人来人往。也许雾更浓了吧，玻璃窗外流着水滴，透过水流过的玻璃，马路对面变得清晰可见。

靖子喝了一口咖啡，看一眼手表，五点五十五。约翰娜大概已经决定买什么了吧，抑或还在一个又一个的橱窗中寻寻觅觅。靖子朝窗外张望，窗外看不见约翰娜的身影。

“打一个电话给机场？”

突然，靖子脑海里冒出一个念头，这个念头来得那么唐突、那么迅猛，而且再也挥之不去。

既然不去巴黎，那就没必要问，靖子竭力打消这刚刚冒出的念头。她想还是不要多此一举的好。可是这个念头刚被打消，另一个念头又冒了出来。

“不去的话，问一问又何妨。”

这话在她嘴里咕哝了两遍之后，靖子站起身。

公用电话设在洗手间门口。阿姆斯特丹 645421，短促的铃声响过之后，电话那头响起年轻女性的声音：“这里是史基浦国际机场。”

“喂，今天还有哪几个航班飞往巴黎？”

“请稍等。”听到靖子说英语，对方也由荷兰语改为英语。

“荷兰航空 KM409 航班，二十点起飞，另一班也是荷兰航空，KLM917 航班，二十点五十五分起飞。409 航班飞往巴黎的布尔歇机场，917 航班飞往巴黎的奥利机场。”

“雾很大，航班没有延误吗？”

“马上就要起飞的是十八点零五分的航班，延误十分钟起飞。”

“谢谢。”靖子回到自己的座位，刚才还空着的右边的桌子上，坐了一对老夫妇。

靖子喝了一口凉了的咖啡，看手表，六点十分。

接下去还有两个航班飞往巴黎，如果乘八点的航班的话，从阿姆斯特丹市内到史基浦机场开车需要二十分钟，那么最晚七点必须走。

如果想去的话，马上就可以走。今天早晨出门时，靖子以防万一，将护照和钱放在手提包内。从阿姆斯特丹到巴黎，飞机飞五十五分钟，往返机票大概两百盾就足够了。靖子的包里放了她积攒的三百盾。

十二月份，巴黎的气候和阿姆斯特丹相似，靖子今天穿着针织连衣裙，外加一件天鹅绒长大衣，巴黎应该比阿姆斯特丹更暖和一点，靖子这身衣服应该足够御寒。

“还有不到一个小时。”靖子喃喃道，话一出口，她自己都吃了一惊，她下意识用手捂住嘴。

这是怎么搞的，本来相信自己不可能会去的，仅仅打个电话给机场问问罢了，但现在自己说出的话却像是立刻要出发的样子。

几分钟内我竟然改变了主意吗？一个查询电话就让我的心飞去了巴黎吗？这一瞬间的变化，让靖子对自己生起气来。

身边的那对老夫妇一边喝着啤酒，一边相互凑近说着什么，因为他们说的是荷兰语，靖子不是很明白，似乎是为买不买一只新款手提包而各持己见。

靖子的家在亨德利街，靠近中央市场，和机场正好方向相反。靖子的房东是一对靠养老金生活的夫妇，她租了二楼的一间房间，那房间大约六张榻榻米大小，每月租金两百盾，折合两万日元左右，房间有壁橱，家具相当简单，床、一把椅子，按靖子的工资来说，这个租金已经相当高了。

至于吃饭，星期六、星期天休息，靖子有时便叫上日本朋友一起到家里做饭，平时基本在街上便宜的咖啡馆应付了事。房间布置得很有女孩味，墙上挂着伦勃朗的复制品，床上放着布娃娃。

房间位于天井的东侧，所以只有上午两三个小时可以晒到太阳，到了十二月份，大雾天气很多，所以白天也要开灯，晚上一个人摸黑回家更觉得那屋子阴冷阴冷的。

邻桌的老夫妇继续着他们的话题，窗外人流依旧。靖子看手表，六点二十。她起身走出咖啡馆。

如果按原路返回，可以到达达姆广场，从那里坐电车就能回家。从木制楼梯拾级而上，推开厚重的房门，那里就是自己的城堡。只要待在自己的城堡，便不会有人骚扰，便可以随心所欲、自由自在。不管是房东老夫妇，还是周围邻居，没有任何人会干涉自己，靖子从心底喜欢这种无人干涉的自由。

但是，现在靖子不想回家。如果穿过铺着石板的天井爬上楼梯，她会听见房门打开时嘎吱作响的声音，伸手打开那盏吊灯，那是一盏缀满花里胡哨的装饰的老式吊灯，灯光映照出冷气逼人的房间。

早晨出门时脱下的睡衣，依然折叠整齐地放在床上，梳过头的梳子还在镜子前面放着，房间和她早晨出门时一模一样地定格在那里。靖子已经很长时间生活在这阴冷的房间里，重复着日复一日的生活。此刻，靖子不想回到这个家、这个窝里去。

出了咖啡店，靖子继续朝卡尔弗大街东面走去。她对左右的橱窗，对来往的行人都不感兴趣，但她也不知道自己要去哪里。

靖子开始后悔中途和约翰娜分手，要是和约翰娜在一起的话，今晚可能会过得更有意思，也不用再去想什么飞机的事。

道路稍稍偏向左边，再往前是车水马龙的路口，从那里传来电车和汽车的嘈杂声。

靖子避开嘈杂的声音在路口往右拐，又回到运河边，噪声一下子离远了。夜空在霓虹灯的辉映下微微发红，远远地依稀可见韦斯特教堂的钟楼。比起下班那会儿，雾更重了，浓雾弥漫，仿佛将要潜入运河一般。

又走了一阵，靖子越过一座桥，前面是一条灯光明亮的道路。原以为远离了喧闹，没想到不过十分钟，又回到人群中。从这里穿过三条运河，就是莱兹广场。说是三条运河，但运河都不宽，所以快步走的话，也就十分钟，眼看着前面宽阔起来，已然来到广场。

广场四周的建筑灯火通明，广场中心反倒显得漆黑一片。横穿过铺着石板的广场，靖子来到航空公司的营业厅。隔着玻璃可以看见营业厅的大厅里摆放着大型客机的模型，但营业厅的大门紧闭，里面不见人影。

沿着航空公司的营业厅往右走，便是酒吧和夜总会林立的马路。靖子看了一会儿一个灯箱，伸手推开嵌在砖墙上的门。

这家酒吧在进门右手边摆放了两个包厢，长长的吧台从门口笔直地延伸到店的尽头。店内纵向很深，吧台边的椅子上已坐满了客人，其他客人只好站在他们身后，在那稍显局促的地方喝着酒。音箱里传来嘹亮刺耳的音乐，香烟把店里弄得烟雾腾腾。这里的客人几乎都是年轻人，他们有的和着音乐放声歌唱，有的专注地和恋人说话。

"来点什么？"一张善良和气的圆脸从吧台前客人的缝隙中探了出来。他是店老板亚菲。

"荷式金酒。"

"好嘞，今天没和库力斯一起？"

"没有，我一个人。"

"那太遗憾了。"亚菲微微一笑，转身从酒柜上取下酒瓶。

这家酒吧，靖子和库力斯来过多次。尽管都是年轻人，闹哄哄的，可习惯了，倒很自在。而且酒水也便宜，一个人花十盾就能喝得酒酣耳热。

最近一段时间，靖子喜欢上了荷式金酒。刚开始是库力斯不由分说地硬让她喝，现在靖子能喝两三杯了。靖子说不清自己是什么时候开始会喝酒的，但她喜欢酒液流过嗓子眼时那热辣辣的感觉。

三杯荷式金酒下肚，你自然地会忘乎所以。你会忘记身在遥远的异乡荷兰，在你眼里，周围的人们和你完全是同一国度的同胞。和男人们搂着肩尽情歌唱，随着节拍摇摆身体，在吧台上尽兴击掌。昔日在日本度过的岁月便被抛到脑后。

唱片播放机里的音乐响了起来，人们和着音乐哼唱起“哦，妈咪……哦，妈咪”，歌声让酒吧沸腾起来。

“我请你再喝一杯。”站在边上的男人用英语对靖子说。那男人身材魁梧，穿了一件褐色夹克。

“谢了，我要回家了。”

“我叫扬。时间还早嘛，让我请你喝一杯吧。”

“够了，我已经喝好了。”

“那我们换个地方去喝，去舞厅怎么样？”

“不了，我真的要回家了。”

“反正你一个人，我也是一个人，一个人多无聊啊。”

“我可不是一个人，我还有约会呢。”

“真的？你不是刚对亚菲说就一个人吗？”

“怎么说是我的自由。”

“嗨，给她来杯荷式金酒。”

“好啦，够了。”靖子在吧台上留下两个盾，朝门口走去。

“这算什么事啊，特意替你点了酒。”那男人生气的声音夹杂在音乐声中传了过来。

户外寒气扑面，雾更浓了，五六米前的霓虹灯都看不清了。靖子再一次离开广场朝运河方向走去。

难道我看起来像个渴望男人、需要男人来调情，请喝一杯荷式金酒的女人吗？我可不想让男人同情我。

我对酒吧里的那些年轻人没有兴趣，我也不会轻薄地让一个素昧平生的男人请我喝一杯酒。男人们总是自以为是，总是想当然，觉得女人应该围着他们转，别太小看人了，我虽然不是欧洲人，但我的教养、才智绝不比他们逊色分毫。我不敢夸口自己的外语，但我的头脑和智慧一定不输约翰娜。欧洲并非整个世界。靖子在心里愤愤地嚷道。

随着一声刺耳的喇叭声，汽车猛地一个急刹车停在靖子面前。

“红灯！”司机愤怒地从窗户伸出头，挥了挥拳头。大雾搞得司机怒气冲天。

车子开过后，靖子借着路灯的光看了看手表：七点二十。

那男人也太厚颜无耻了吧。两年前，他抛弃我和别的女人结了婚，还生了孩子，他碰巧来欧洲出差，凭什么来找我。

他想追忆往昔的话，就一个人自作多情地陶醉好了。如果想找女人陪他一夜，那就掏钱，找个厚脸皮的白种女人抱抱罢了。我不是那种任人摆布的女人，我现在不再需要切替，我不再是往日的靖子。

雾愈发的浓了，丝毫没有一点雾散天晴的征兆。

靖子横穿广场，又一次回到运河边。走上河岸小道，人声车声，所有嘈杂的声音都消失了，唯有脚步踏在路面上发出的响声。

靖子在横跨运河的桥头站定。在桥的那一头，隐约可见两个人影，他们在浓浓的雾气中紧紧拥抱，静静的，一动不动。

原想径直向前的靖子，此时改变了主意，又按原路往回走。回到莱兹广场，广场上依然是车水马龙、人来人往。前面是等候出租车的地方，那里停着三辆出租车，靖子敲了敲最前面那辆车的玻璃窗。

司机笑脸相迎：“您要去哪里？”

“史基浦机场。”靖子说完，自己先吃了一惊。

车轮滚动，汽车转眼已穿过广场，朝有电车来往的桥上驶去。

“您这是出门去哪里？”

“不是出门。”

“那是去接客人？”

“嗯。”靖子含糊地答道，又在心里暗暗对自己说：

我不是去巴黎，正好有时间，闲得无聊，去机场转一圈。只要去一趟机场，坐上车跑一趟自己便会冷静下来。

汽车已离开市中心，沿着高速，朝史基浦机场驶去。

浓雾让车灯暗淡下来，雾气打湿了车窗，雨刷子一个劲地摆动着。

“今晚飞机能不能飞啊？”

“已经停航了吗？”

“起飞好像是没问题，可要是飞机降不下来的话那就飞不成吧。”

“巴黎也停航了吗？”

“您是要去巴黎吗？”

“噢，不。”靖子慌忙摇头，身子朝座椅上靠了靠。迎面驶来的汽车的车灯在黑夜浓雾中变成了一个小点，擦肩而过时恍若一个光团。

“机场会因为大雾关闭吗？”

“如今地面设施先进了，机场关闭倒是很少遇见，一年最多一两次吧。”

“那今晚会不会……”

“难说啊。”

机场关闭的话倒也罢了，去不了巴黎，也就没什么好再思前想后的，有这么一个客观原因的话，可以让自己顺其自然地接受现实。

靖子望着窗外一片漆黑，在心里这么对自己说。

如果我没有去，那他一定狼狈不堪，他那么有把握，认为我一定会去，这当头一棒一定会令他恼火。就让他火冒三丈、气急败坏，让他懊恼不已吧，让他知道我不再需要他，对他的一切我已经无动于衷。

黑夜里，红、绿、青各种灯光星星点点。机场就在眼前。

四

机场大厅灯火通明，将黑夜中的浓雾一扫而光。靖子直奔大厅中央的出发预告栏。

KLM917 航班，二十点五十五分起飞，前往巴黎，B27 号登机口。

飞往世界各地的国际航班显示在预告栏上，KLM917 航班被列在第二栏。大厅中央的时钟显示的时间是二十点二十分。

如果打算去的话，现在要赶紧去买票。靖子这么思忖着在电子预告栏前的沙发上坐下来。

大厅里人来人往。出发的旅客有的空着手，有的拖着笨重的行李箱。身旁的座位上坐着一个母亲模样的女人，一个少年朝她跑来，手里拿着一个小包，一个劲地对她说着什么。大概正是旅游淡季，又是夜晚，宽敞的大厅里看不见日本游客的影子。

靖子从大衣口袋里取出香烟点上。靖子抽烟是从切替那里学来的，起初只是抽着好玩，一天抽两三支，现在已经一天一包了。

望着烟袅袅地飘散，靖子想到此刻正在巴黎的切替。

售票的柜台就在预告栏前，现在买好机票，一个小时后她就可以到巴黎。从奥利机场打车去切替住的酒店也就二三十分钟。巴黎就在她触手可及的地方，切替就在那里等着她。他俩可以去香榭丽舍大道散步，吃完消夜再回酒店。一个温暖的夜晚，被切替拥抱的夜晚就在那里等着她呢。

中央预告牌唰唰地翻动起来，飞往巴黎的917航班被刷新，排在第一栏。预告牌下面，两个修女模样的人正抬头查看航班。

靖子再次看时钟，八点二十五。

“我只是来机场转转的。”

靖子掩饰住内心的焦虑，忙乱地再次点上烟。希望航班尽快从预告栏中消失，这样就乘不上了。失去最后的可能，她也就死心了。别让我再这么煎熬了，快点消失吧。靖子觉得手指被烫了一下，这才发现香烟已燃到尽头，她急忙摁灭烟头。

广播响了。

“荷兰航空KLM917航班，二十点五十五分出发，前往巴黎的航班……”后面的听不清了，靖子凝神屏息等着荷兰语之后的英语广播。

“……由于大雾，暂时不能起飞。”

靖子一下子站起身，径直奔向KLM柜台。

“巴黎的航班取消了吗？”

“因为雾太大，现在不清楚什么时候可以起飞。”

“那么，还是会飞的吧？”

“那就不好说了，这么大的雾。”机场问讯处的小姐脖子上系着一条圆点图案的领巾，她一边回答靖子，一边朝外看了一眼，窗外黑乎乎的，只有停车场的水银灯隐约可见。

“前面那个航班已经起飞了吗？”

“飞了，应该快在巴黎降落了吧。您准备坐917航班吗？”

“是的。”

“那机票呢？”

“还没买。”

"那您先买票，在 B27 号登机口前等一会儿吧。"

靖子买了机票，办完出境手续，来到中央候机室。

由于大雾，好像已经有几个航班延误了，夜晚的候机室里坐满了旅客。靖子找了一个靠窗的沙发，坐下来，望着窗外，灯、飞机、蓝的和红的航空标志，一切都隐在浓雾之中，让人无法识别。

"我为什么不早点来机场？"

后悔一点点爬上靖子的心头。

早一点来的话，六点、八点的航班都可以赶上。如果不陪约翰娜的话，如果没再去莱兹广场的话，她早就可以飞往巴黎。

如果能乘上前一个航班，现在就可以到巴黎了，下了飞机马上打车的话，再有二三十分钟就能见到切替。

靖子又取出了一支烟。

"请。"身旁的男士递过打火机。

"谢谢。"

"您是去哪里？"

"巴黎。"

"我也是，但怕是飞不了了。"

说话的男士三十五六岁的模样，黑色的毛衣外穿着一件咖啡色西服，好像是荷兰人。

"这是今年最大的一次雾。"

"但起飞应该没问题吧？"

"机场的人说，起飞也要有一定的能见度，再说巴黎好像也是大雾。"

"这可麻烦了。"靖子看着漆黑的窗外。浓雾好像锁住了整个欧洲。

"只能听天由命了，一起喝杯咖啡吧。"

"不了，我在这里等。"

“那太遗憾了。”男士轻轻点了一下头，往右边的咖啡店走去。

大雾丝毫没有散去的迹象，机场照明灯下，白雾翻涌。

“切替把孩子的事瞒着我，是怕我伤心吧。”靖子的脑海里冒出一个新的念头。

广播再次响起，靖子猛地站起来。

“飞往巴黎的 917 航班现被取消。”

一下子，乘客们“唉……”的一片叹息。

“非常抱歉，退票手续……”

听完英语广播通知，靖子目不斜视地走出机场大厅。外面已是白茫茫的一片。

“阿姆斯特丹。”

出租车司机点头，拉动手刹。靖子什么都不想看，紧闭双眼，默然地靠在座椅上。

汽车发动机发出单调的轰鸣声。

靖子回到亨德利大街的公寓时，已是晚上九点十分。踏进家门，她觉得疲惫不堪，打开灯，和衣倒在床上。

此时，靖子什么也不想，她怕一想起来，后悔的泪水便如决堤的洪水般一发不可收。好想见他啊。忍住，一定要忍住。靖子觉得自己快要崩溃了，她拼命把头埋在被子里，希望尽快忘记今晚发生的一切。除此之外，靖子不知道自己还能做什么。

夜深了，房间里死一般寂静，靖子一动不动，就像附在岩石上的贝壳，毫无生气。她缩紧了冻得瑟瑟的身子。

“好想回日本啊。”

黑暗中，她仿佛看见自己的父母亲，东京的街道也在她眼前闪过。就让我这样进入梦乡吧。

不知过了多久，电话铃响了起来。

靖子吃惊地抬起头，看了看枕头边的电话，电话确确实实在响，她拿起话筒。

“喂。”电话那头响起年轻女子的声音。

“阿姆斯特丹1927763，是田坂小姐吗？”

“是。”

“这里是巴黎来的长途。”

“巴黎？”靖子轻声叫道。

“喂，喂。”

是切替的声音，没错，是他的声音。一年前，她几乎每天都能听到这个声音，这声音太耳熟了。

“怎么了？为什么没来啊？”切替的声音从话筒那头刺耳地传来，大概是他离话筒太近了，“我一直在等你，从傍晚起一直等着你。”

“……”

“你在听着吗？听见我说的吧？”

“是。”

“我看时间太晚了，打电话到机场问讯，这才知道因为大雾，飞往巴黎的末班机被取消了，我想这下完了。只有今晚这个机会，你为什么不来啊？”

切替在电话那头尖声嚷着。

“太可惜了，真的太可惜了。”

“……”

“是因为大雾来不了了吗？你是打算乘最后那个航班来的吗？”

“不是的。”

“不是？”

“打开始我就没打算见你。”

“你……喂！”

“别这么叫我，我和你已经没有任何关系，我早已忘记你了。”

“喂，你是不是喜欢上谁了，所以这么说。”

“你以为我永远忘不了你吗？”

“我不是那个意思，可我们……”

“别让人笑话了，你也太幼稚了。”

“你变了，变得太厉害了。”

“我挂电话了。”

“难道你不想再和我说说什么吗？我可是有许多话想对你说……”

“够了吧。”

靖子说完，突然放声大笑，毅然决然地挂断了电话。

笑声过后，房间又静寂下来。靖子环顾四周，她似乎想寻找一下，刚才从自己嘴里发出的笑声，是否还残留在房间的哪个角落。房间的陈设和早晨出门时一模一样，白色挑高的屋顶，靠墙的壁橱，桌子，所有的东西静静地待在原地，再看窗外，黑夜里铺着石板的天井寒气袭人。

靖子扭转脸，撤回自己的视线，这才发现自己的脸映在壁炉上的镜子里。房东老太太曾得意地夸耀说，那壁炉和镜子都是七十年前造这所房子时装上的。此刻，镜子里映出一张皱巴巴、泪流纵横的脸，这张脸刚才还曾放声大笑。靖子独自一人在镜子前以泪洗面，既没人笑话她，也没人来帮助她。这张皱巴巴、让人不忍目睹的脸，让靖子意识到自己正孤身一人在这寒冷的欧洲。

甜梦般的诱惑

一

“嗨，好像又有了。”

“有什么……”

“那个呀。”

听千鹤子这么一说，西谷把视线从电视上移开。电视里正在播放一部欧美影片，那部片子西谷上大学时看过一遍，说的是发生在罗马的一位公主的恋爱故事，主演这部电影的女演员脖子细长，是西谷喜欢的类型。

千鹤子正在逗猫玩，她娇小、单薄的体形和电影里的女演员很相像。那位女演员长着一张招人喜爱的脸，眼睛大大的，显得高贵清纯。

千鹤子是瓜子脸，鼻梁很高，因为近视，她看远处时便会眯起眼睛，那样子让她显得更有女人味。

这时她脸带羞涩地抬头看西谷。

“怎么了？”西谷不放心地问道，虽说他大概已猜到一点，因为千鹤子每次说这事时都是那种表情。

“前几天乳房就胀胀的。”

“……”

“已经五月份了，那个还没来，有点不对劲儿。”

西谷点了一支烟。

“你肯定没记错？”

“都已经过了一个月了，而且我只要一怀上，脸就尖瘦尖瘦的。”

说着，千鹤子两手抚着脸颊。

的确，每次千鹤子怀孕，脸就尖了，眼睛往上吊起，原本不胖的脸，更加瘦得颧骨突出。现在，千鹤子的脸就是这样的。

“又有了？！”

“什么叫又有了？”

“那可不，不是刚流掉一个嘛。”

“十月前吧。”

“那不是才半年？”

“现在可都五月底了。”

“那也就半年多一点嘛。”

半年也好，七个月也好，西谷觉得都差不多。

“那么，再上村井那儿？”

“都去了好几次了，怪难为情的。”

“可总不能不做吧？”

“村井”是涩谷的一家妇产科医院，那里的院长叫村井高士，高中时和西谷是同学。

千鹤子在西谷的介绍下，已经在那家医院做过两次人流了。

“那么，这次换一个医院？”

说老实话，西谷也觉得有点难以启齿。虽说他和村井是朋友，只要他开口，村井一定悄悄地给千鹤子做手术。可是一年多的时间里就做三次人流，的确是多了点。

上次，西谷打电话求他做人流时，村井便阴阳怪气地奚落他“你精液倒不少啊”。这次再求他，指不定他又说什么怪话。

“你还知道其他什么医院吗？”

“听说在自由之丘有一家不错的妇产科医院。”

“远了点吧？”

从千鹤子在青山的公寓到自由之丘，开车也要将近一个小时。

“听说是一家新的医院，挺漂亮的，小糸上次是在那里做的人流。”

小糸是个女孩子，和千鹤子在银座的同一家夜总会。

“不过就是人流，没必要跑那么远吧？”

“你说得简单，对女人来说可是很痛苦的呢。”

“我明白。”西谷嘴上说得轻松，其实心里是不放心千鹤子在那么一家不知根底的医院做手术。

“那么还是拜托村井医生吧。”

“我想这样比较好。”

村井那里千鹤子已去过两次，他应该对千鹤子的情况比较了解，而且还是朋友，可以放心。千鹤子去做人流时，西谷总是担心有什么意外。

原则上说，做人工流产是需要提供配偶的同意书的，但事实上许多医院并不这样要求。但怕万一手术中出现什么意外情况，所以医院会要求留下一个紧急联系电话。千鹤子总是告诉他们西谷的名字和他公司的电话号码。

千鹤子第一次去做人流时，就对西谷说：“联系电话我留了你公司的，万一有事你马上过来啊。”西谷有点为难，但也无法拒绝。怀孕这事，他们两人都有责任，千鹤子已经听话地去堕胎了，他再不愿意留联系电话，那也太残酷了吧。

再说“万一”，就是一万次中的一次，几乎是不会发生的。尽管这么说，每次千鹤子去做手术，西谷依然会心神不定。

如果是在村井那里，就不用担心了。就算万一发生紧急情况，村井也不会大肆张扬地联系他。

“那么，你替我打电话给村井医生？”

“你打算什么时候去？”

“明天吧。”

“这么快？”

“去了也不是马上可以手术的，要给医生看了后才能定哪天手术呢。”

“是这样。”

“我想，手术最好安排在星期五或星期六。”

“我去跟村井说。”虽说有点发怵，但西谷还是决定明天早晨打电话给村井。

“我又要被医生笑话了。”

“他笑话过你？”

“上次，我一去，他便说，我正在想你快要来了呢。”

“他这么说也不是恶意的。”

“那倒是，可那医生一边给我看病，一边还和我瞎聊。”

“聊什么了？”

“他说‘西谷君很有劲吧’。”

“那你怎么回答的？”

“我没回答他，那种时候，怎么回答？”

“那家伙在医院看多了，没把这当回事呗。”

“就算是这样，他偏偏在那种时候问些不该问的问题。”

“那家伙是怪怪的。”

虽说是医生，村井随随便便地看西谷所爱的女人的隐私部位，西谷还是有点生气。

可生气也没用，村井也许是怕她紧张呢，所以一边看病一边和千鹤子搭话。

“可是，怎么就那么容易又怀上了呢？”西谷看着千鹤子那瘦削的脸庞说。

“就是，我自己都吓了一跳。”千鹤子说，但她脸上的表情并没有变化。

“这是第几次了？”

“第七次吧……”千鹤子眼睛朝上眨巴地回想着，“反正和你在一起后，每年流两次。”

“那么和我在一起之前还有一次喽？”

“那是很早以前的事了。”千鹤子抚弄着猫，瞪了他一眼。

“这不是和一年到头都在怀孕差不多吗？”

“那次流产身体被伤得可厉害了，以后很长一段时间没有怀上。我还以为自己不能怀孕了呢。”

“然后遇上我，就变成现在这个样子了。”

“我也不知为什么，和俊在一起，一不小心就有了。”俊平是西谷的名字，不知什么时候起，千鹤子便用“俊”来称呼他。

“我也弄不明白。”

“一定是我们俩般配啊。”

“太般配了吧。”西谷有点恼火。

“怀孕也许能让你有成就感啊。”

“那也太有成就感了。”

“讨厌，都怨你。”千鹤子抱起猫咪在自己脸上蹭了蹭。

二

西谷第一次见到千鹤子是在三年前，地点是在札幌薄野一家叫“榆木”的夜总会。

那时，西谷三十九岁，刚被提升，当上了K物产在札幌的分公司总经理。他单身驻在札幌，即所谓的“札驻族”。

“榆木”是札幌一流的夜总会，一般的夜总会都开在大楼的一角，“榆木”却是单独的小楼，里面全部用树皮装潢，别有情趣。这独具一格的装潢让这家夜总会引以为豪。

西谷陪客户去了几次“榆木”，在那里认识了千鹤子。千鹤子不是那种能说会道的小姐，在陪酒小姐里算是比较稳重的。这一点，让西谷很满意。在这之前，西谷偶尔干点拈花惹草的事，享受单身长驻在外的乐趣，但他并没有固定的女人。

平时，西谷嬉笑打闹，没个正经。但对自己心仪的女人，他却不会轻易出手。出入这些风尘场所，也是因为他的年龄和地位，骨子里说来，他不是个不负责任的花花公子。

西谷表面上没个正经，却有诚实的一面，这让千鹤子喜欢上他。

去了多次后，西谷终于鼓起勇气邀千鹤子外出，千鹤子乖乖地跟着他去了，那天晚上便把自己给了他。

西谷实现了自己的心愿，觉得很满足，至于关键的性事，倒说不上圆满。西谷觉得千鹤子不是那种性欲强烈的女人，但也谈不上冷淡。

“一直是这样吗？”两人有过几次后，西谷忍不住问道。

“以前很少体会过什么快感，最近好像开始有感觉了。”

千鹤子说得没错，他俩认识大概半年后，千鹤子渐渐变得热烈起来，望着她一点点懂得做女人的乐趣，一点点变得珠圆玉润，西谷感到做男人的满足。

随着两人关系加深，西谷知道了千鹤子的过去。那时千鹤子二十六岁，三年前，她二十四岁时，经人介绍和一个公司职员结了婚又离了；之后她又和一个做家具生意的男人好过，当然现在已形同陌路；然后，西谷进入了她的生活。

西谷和千鹤子的关系持续一年后，西谷被调回东京。面对公司的调令，西谷很无奈，况且他还被升为总公司机械工程部的部长，可西谷又不想离开好不容易和他热络了的千鹤子，于是被调回东京时，西谷劝千鹤子也跟着他去东京。

因为她的父母在札幌，千鹤子原先有点犹豫，但一个月后她就跟着西谷来到东京。

西谷为千鹤子租下位于青山的公寓，并把她介绍到银座的“大世界”夜总会，西谷是那家夜总会的常客。

千鹤子长得纤细瘦弱，性格慢悠悠的，而且她具有北海道姑娘的特点，开朗大方，是个容易见面就熟的人，再加上她那招人喜欢的姿色，千鹤子在两年内换了三家店，如今在银座已是一个非常叫座的姑娘。

这期间，千鹤子几乎没有再让其他男人碰过自己，仅有的两次是和一个叫 K 的客人。

那两次也是因为千鹤子知道西谷和别的女人有私情，为了报复西谷才干的，其实她并不喜欢那个男的。西谷和那女的断了之后，千鹤子也不再和那个男人来往。

“那男人怎么样？”两人重归于好时，西谷问她。

“一点没意思，除了你，我谁都看不上。”

“谁知道，看你们还一起去京都旅游，好像蛮不错嘛。”

“我和那人在一起就憋得慌，所以才让他带我出去的。”

“那下次让他带你走远点，去国外吧。”

“我可不愿再见他了呢，已经够够的了。”

“你这人可难说。”

“绝对不会了，我已经知道，只有你才会让我满足。”

“真的？”

“当然是真的，快抱抱我吧。”

至于西谷，虽说偶尔拈花惹草，但他还是最喜欢千鹤子。千鹤子在银座已混了两年，但居然没怎么变，还是那么纯朴。千鹤子的父母原来在靠近小樽的鱼市，做海鲜批发生意，从千鹤子的人品性格看，她从小在那样的家庭受过不错的教育。

这一阵子，千鹤子作为女人的欲求越来越强烈了。

西谷在札幌认识千鹤子的时候，她几乎从来不主动，可如今倒是反客为主了。每次开始时，她那北方姑娘特有的白皙皮肤就变得红润起来，脸上一副不知所措的表情。

千鹤子要求西谷时，酷似家里养的一只猫，那只猫“喵——”地叫一声，接着额头就蹭在主人的手上。千鹤子呢，她是先哼一声“嗯——”，随后摇着头在西谷的胸前蹭来蹭去。

西谷常常故意无动于衷，和千鹤子直奔主题当然也不错，但看着她急不可耐地凑过来，又别有一番妙不可言的乐趣。

越是让千鹤子等得猴急，千鹤子越能迅速进入火热的状态，她轻哼着迎着西谷，在巅峰的时刻强忍着不敢叫出声来，竭力克制着。

千鹤子这般害羞地压抑让西谷更加觉得她可怜可爱。

如今的千鹤子和从前那个对性事冷淡的千鹤子简直判若两人。

现在，西谷再也不想离开千鹤子了。

三年下来，西谷对千鹤子的一切都了如指掌，西谷喜欢她的身体，但他对千鹤子的身体已经太熟悉了，或许已经熟悉到没有新鲜感的程度。可是,西谷和千鹤子的关系已经不仅仅是肉体上的了，他迷着千鹤子，三年的岁月，已经使他们息息相连。

三

第二天，西谷从公司下班后，去村井的医院。村井的医院在涩谷，西谷住在元住吉，正好顺路，再说西谷觉得，求村井做人流，电话里实在难以启齿。

村井刚看完病，正准备吃晚饭，听说西谷来了，好像立刻料到他的来意。

“我们出去一下。”在会客室聊了一会儿后，村井对妻子打了个招呼，拉着西谷，一起出了医院。

“正是吃晚饭的时候吧。”

“每天在家都吃够了，我正想出来换换口味呢。”

两人来到道玄坂前面右边的一条小马路，进了那里的一家小饭店。

“你常来这里？”

“老板娘是我的病人。”

两人在右手边的吧台前落了座。

等上了葱姜丝醋拌鲣鱼，斟了酒，村井说话了：“说吧，什么事？”

“是这样，上次请你做人流的那女人……”

“那个叫千鹤子的？”

“对。”

“又要做了吗？”

“是。”

“随便什么时候都行啊，你带她来吧。”

村井回答得出乎意料爽快，西谷反倒有点猝不及防。

“这次是第七次了，不知有没有问题。”

“不能说没问题，但有没有问题都必须做掉，对吧？”

“可是身体……”

“那就别人流啦——可你又做不到。”

“那怎么行？”

“那就做呗。”

村井说得很轻松，西谷其实也早就想明白了，可是听他说得那么简单，心里反倒有点不踏实。

“人工流产一般来说可以做几次呢？”

“这事可没有标准。”

“但总有个大概吧？”

“可以说有，也可以说没有。”

“听不懂你说什么。”

“说实话，这事我也说不准。”

老板娘出现在吧台那头，她跟村井打了个招呼。从外表看，那老板娘又胖又结实，不像是有妇科病的人。等她走开后，西谷问村井：“她就是你的病人？看不出有什么病啊。”

“子宫肌瘤，动手术把肌瘤拿掉了，结果却胖成这样。”

“这和手术有关系吗？”

“应该没有，可是住院后，人就变懒了呀。”村井偷看了一眼在吧台那头写账单的老板娘，苦笑着说。

“对了，我听说经常人流，子宫会穿孔。”

“这种事和手术的次数没关系，有时第一次做就可能发生，但也有做十次都没问题的。”

“那你的意思是和医生的技术有关喽？”

“可以这么说吧。”

“那你的技术应该是不错的吧？”

“你只能这么相信我啦。”

村井把酒杯里的酒一口喝完，又重新为自己和西谷倒满。

“我和你从年轻时就在一起玩，对你我可是太了解了，让我百分之百信任你好像还不容易呢。”

“我身边的朋友都这么说。”村井端起酒杯，好像说的是别人似的。

“不过人流做多了对女人的容貌一定有害吧？”

“她怎么了？”

“倒也没怎么样，就是最近多了好多细细的皱纹。”

“她多少岁了？”

“二十九。”

“那该是年龄的缘故。”

“你倒直言不讳。”

“不过你还是喜欢她，对吧？”

“可遗憾的是……”

“那又有什么关系？好好待她。”

“如果再做人流，不会有问题吗？”

“只是做人流的话，不会有很大后遗症。”

“可妇女杂志上列举了许多有损健康的原因。”西谷想起从千鹤子那里听说的事。

“这个嘛，理论上是这样，可那些报道多少有点夸大其词。”

西谷稍稍松了口气：“那我就放心了。”

“不过，女人开始冒出皱纹的时候，正是最有女人味的时候啊。”

村井的话让西谷一时语塞。事实上，千鹤子最近的确变化很大，可谓大器晚成，真是一夜之间成熟起来，就像迟迟没有绽放的花蕾，瞬间怒放了。

“那个女人不错啊，我知道你为什么离不开她。”

“别再说无聊的话了。”

“可我是当医生的。”

西谷皱起眉心，但并不生气。

“最好是不做人流，对不对？”

“那当然，说是没问题，但总是违背正常的生理现象。”

“七次是不是算做得多的？”西谷心里对这次数总是耿耿于怀，以前他听村井说过，中止妊娠就是刮子宫底部，那么反复做七次的话，底部的黏膜就会变薄，最后一定会穿孔的。

“嗯……七次嘛，算多的吧。”

“还有人比这更多？”

“那当然，天外有天嘛。”

“那最多是多少次？”

“有不少人做过十次以上。”

“那么多次数，不会有问题？”

“这不是行或不行的问题，你说不行，但她必须堕胎就不得不做，做这种手术不仅仅是出于医学上的理由，还具有社会原因。”

“是这样。”他想，千鹤子就是有社会原因。

虽说西谷喜欢千鹤子，但目前他还没有勇气答应千鹤子，让她生下这个孩子。在经济上他可以尽他所能，可是把孩子生下来，包揽下由此带来的一切，就西谷目前的地位处境来说，是非常困难的。

“总之，既然你有那么多的担心，还是做好避孕措施吧。”

“的确是这样……”

“现在没做避孕措施吧？”

“就是计算排卵期。”

“那怎么行？你讨厌用避孕套？”

“我谈不上喜欢，可是她却坚决不愿意。”

“是吗？”

“她说她讨厌避孕套。”

“一般说来，这对女人不会有太大区别。”

“可她坚持说难受。”

“怎么会呢……”

“倒不是实际的感觉让她不舒服，为了不让她生孩子才带避孕套，这件事本身令她厌恶。”

“她是希望和你没有任何隔阂吧？”村井仰头把酒喝干，把空杯放在吧台上，“看得出，她非常爱你啊。不容易。”

“那也不见得，那家伙有时候还红杏出墙呢。”西谷拿起酒杯，有点不好意思地说。

“但是不能老这么一不留神就怀上吧？要不就做绝育手术吧？”

“那怎么行？”

“那样就没什么好担心的了呀，再说也不用每过半年就来求我一次。”

“放心是放心，可是永远不能有孩子，这怎么行？”

“这话也是她说的？”

“她说了，再说我也不愿意。”

“那么，你还想让她给你生一个喽？”

“现在没这个打算。”

“现在不打算，那么将来……”

“这倒说不准，反正再也生不了的话，让人接受不了。”

“这倒还真不好办呢。”村井自己往杯子里倒满酒后，一口喝干，“不过，她一定希望有个孩子吧？”

“有时会提出来。”

“她想要，但看你不吭声，只好忍着，是吧？”

“可能是这样。”

“她忍住不说，你就觉得她更加可爱。”

“是这样。”西谷老实地点头承认。

“可是你总不可能一直混下去吧？你太太知道她吗？”

“应该知道吧。”

“知道了什么都不说？”

“她大概以为我现在不至于真和她离婚吧。所以没把她当回事。”

“那么事实上你也是这么想的？”

“是啊，有那么一点。”

“那你现在到底喜欢谁呢？”

“那当然是她。”

“但还没喜欢到想和她结婚？”

“一来有孩子，再说，讲老实话，这会儿离婚，再重新组织一个家庭太麻烦了。”

“就是说你没有精力和勇气。”

“是这样。”西谷避开村井的目光。他的确喜欢千鹤子，但并不想耗费精力闹离婚，闹完离婚再结婚，他确实没有精力和勇气去面对那样的麻烦。

“看来，你这家伙也不是个逢场作戏、玩一下就拉倒的人。”

“花钱买个良宵这事谁都会，那种事没什么可吹嘘的。”

“不过一个有妇之夫还和别的女人动真格，这事也没什么可以自以为是的。”

“我可没有自以为是。不过，弄个一夜情，看起来很潇洒，但这种男人其实是胆小鬼。”

“真的？”

“那还用说？要我说，花花公子都是害怕纠纷，所以浅尝辄止，这种人一开始就是懦夫，没有一点勇气。”

“他们觉得勇气不该用在这种地方。”

“没有勇气面对爱情的人，也不可能有勇气面对事业。”

“他们可没把两件事一样看待。”

“可是花花公子的精力都是用在女人身上的。”

“那倒是。”

“所以他们不具备真正的勇气。”

“但是，太有勇气的话，也不好办啊。”

“你这是在说我？”

“你是个半吊子。”

“为什么？”

“你有勇气和她缠缠绵绵在一起，却没有勇气再朝前迈一步，和她一辈子厮守偕老。”

“你这么说我，那你又怎样呢？”西谷反问村井。

“我连你一半的勇气都不具备，从这个意义上说，你胜过我。四十不惑的男人为一个女人痴迷到这个份上不容易啊。”

“你这是讥笑我？”

“哪里，我说的可是真心话。”

西谷喝起酒来便很少吃东西，两人的面前已经放着三个空酒壶，村井又叫了一壶，并给西谷倒上。

“今天还去她那儿吗？”

“她应该已经去夜总会了，不在家。”

“是吗？”

“要不要一起上她那儿？”

“别人的女人看了也无济于事呀，再说也不用那么着急，反正能见到。”

“你这家伙……”

反正村井会看见千鹤子最私密的地方，就连西谷都不知道的地方，他不但可以仔细观察，还能摸到。

望着身旁端起酒杯的村井，西谷不由得有点嫉妒。

四

第二天，千鹤子去了村井医院，经诊断已妊娠三个月。

西谷是下了班到千鹤子的公寓听她说的。

“我请医生明天给我做手术。”

“明天？”

“是啊，反正要做，不如趁早的好。”

“说得是不错……”

千鹤子背朝西谷对着镜子在梳头。银座的陪酒女一般都是傍晚六七点到店里，但千鹤子只要八点去就行。

“明天是星期六，店里客人不会多。这样的话星期六手术，星期六、星期天请两天假休息。这一阵手术后好像不如以前恢复得快。”

“那么村井答应了？”

“他说另外有两人预约了人工流产，我就排在她们后面。”

既然医生和要手术的都说没问题，西谷也没话可说了。

“你是说明天不好？”

“没有……”

女人说想快点做人流，把孩子做掉，男的当然没有什么理由说不好。

不过刚被诊断为怀孕，第二天就马上堕胎，这种行事方式让西谷心里有点别扭。同样是人流，他想总该先有个过程，比如说犹豫再三，生还是不生，或者发生点争执，一个说要生，另一个说不行。诸如此类，最后再做出决定。

最初那几次，千鹤子很容易就答应堕胎，但几次以后她便不甘心地问西谷：“真的不能生下来吗？”可最近几次，大概是死心了吧，她不再多说什么。这次是第六次了，千鹤子也没对西谷说“让我生下这孩子吧”。

如果千鹤子真的这么说，还哭哭啼啼地跟他闹的话，西谷也只能无言以对，可是她太简单地同意了，也不哭不闹，这倒让西谷有点失落。

“你都想好了？”

“想不想好都得做掉的。”

被千鹤子这么一说，西谷无言以对。

“总不能老是挂着这张皮包骨头的、病恹恹的脸去上班吧。”千鹤子说的理由非常现实。

西谷倒是想听听她对肚子里的婴儿会说些什么。“这回是第六个了。”西谷想起那个即将被葬送的胎儿，心里不由得有种沉重的犯罪感。

“第一次请村井医生做手术时，我让他们把胎儿给我看。”

“村井给你看了？”

“是我求他的，他说一般是不给看的。”

“为什么你要看呢？”

“也不知怎么搞的，突然就觉得自己受不了了。”

千鹤子手里拿着梳子，双手放在膝盖上，眼睛怔怔地盯着镜子。大概是怀孕的关系，千鹤子皮肤暗淡，脸已经瘦成了倒三角。

“那婴儿已经有手有脚，脸庞也看得清了。”千鹤子脸对着镜子说。

“以后再生吧。”

“别说谎话了。”

“我其实想要这个孩子，你不相信？”西谷声音激动。

“那我就相信你。”千鹤子嘴上顺从地回答，但看得出她并没把他的话当真。西谷望着千鹤子的背影，突然觉得其实千鹤子内心倔强，和她温顺、好脾气的外表完全不同。

“你就看了一次？”

“对啊，我都后悔看了呢。”

千鹤子站起身，在衣柜前准备穿上连衣裙去夜总会。不知是不是心理作用，千鹤子穿着吊裙，小肚子那里显得有点鼓起来。以前千鹤子有一次怀孕四个月才做人流，那会儿她光着身子时肚子明显地鼓得大大的，原本苗条的她有了四个月的身孕真的就显山露水了。

这么一个单薄瘦小、骨盆狭窄的女人，居然能每半年就怀上一次，西谷真觉得有点不可思议，从这点上说，千鹤子倒更像一头生育功能太强的雌性动物。

“唉，今天真有点提不起劲来。”千鹤子站在衣柜前，用手把头发朝脑后捋了捋，“今天就请假不去了吧？”

“明天手术是几点？”

“村井让我十点前到。”

“那么十点半左右开始吧？”

“大概是的。”

千鹤子从一大堆连衣裙里，挑出一条白色针织的，西谷看着她穿上。就在她快打扮整齐时，西谷说道：“今天就休息，别去了吧。”

“休息，干什么呢？”千鹤子对着镜子一边扣胸前的扣子一边问道，“你能住在这里？”

“嗯……”西谷觉得自己渐渐地越陷越深，不过他好像并不介意，“那就住这儿。”

“真的？那我就不去了。”千鹤子就地转了个圈，原本的无精打采一扫而光，笑容转眼浮了上来。

“哎，带我上哪儿吃饭？”

“那就去六本木。”

“太好了，我换一下衣服，你等一会儿。”

“这裙子就挺好嘛。”

“不嘛，换素雅点的。”千鹤子说着又脱下刚穿上的连衣裙，换上了一件白色上装，里面衬了件无袖水珠图案的背心。

西谷一边看千鹤子换衣服一边想起自己家的事。最近，西谷平均一星期有一天住在外面，都是在千鹤子这里。起初他还糊弄一下妻子，说招待客人啦，或者说出差啦，最近他什么也不说了。住外面不事先说一声，第二天回家也不解释。这种时候，他妻子当然不高兴，但也不揪住他追问。

现在西谷和妻子好像都习惯了他一周一次的外宿，两人都觉得也就这么回事。

“嗨，今天可是最后的晚餐啊。”

“最后的晚餐？”

“不是吗？这孩子明天就死了。”这么残酷冷血的话，千鹤子居然说得如此坦然，西谷大为吃惊，可千鹤子还在欣欣然地照镜子。

他俩在六本木附近的牛排店吃晚饭，之后又到霞町的酒吧稍喝了一会儿，十点多回到千鹤子的公寓。

平时，千鹤子在夜总会要干到十一点出头，下班后有时还要陪客人去吃夜宵，所以十点对她来说夜晚才刚开始。

“明天做手术，早点睡吧。”

“好吧。”

千鹤子对明天的手术还是很当回事的，她听话地铺好被褥。千鹤子不喜欢睡床，这在单身女人中真不多见。她每天晚上在榻榻米上铺上被褥，第二天再折叠整齐收到壁橱里。这种传统的生活方式也是西谷喜欢她的地方。

“你也休息吧。”

“嗯。”刚才倒在沙发上的西谷站起身，脱衣服。

千鹤子动作麻利地换上睡衣，卸了妆。西谷也关了电视，躺下来。平时在千鹤子这里过夜，大部分时候是从银座的夜总会回这里，所以睡觉都要一两点，这么早就睡下实在少有。

“明天以后有好几天做不了了。”借着灯光，千鹤子喃喃道，“今天好好抱抱我。”千鹤子照例把头蹭在西谷的胸口，西谷抱住千鹤子，解开她睡衣的扣子。

千鹤子虽然身材娇小，但乳房丰满高耸，和她亲密时西谷总要先亲吻一下。这会儿西谷的嘴又凑了上去，千鹤子的乳房比平时大了许多，乳晕也变深了。

“碰到会不会痛？”

“有一点，不过没关系。”千鹤子的声音已经躁动起来，“想到被你抱着真是太好了。”这话大概不假。

西谷在乳房上亲了几下，抱紧了千鹤子。千鹤子那才一掌宽的纤纤腰肢，居然一次又一次地怀上孩子，而且现在还有一个生命在这里，这让西谷觉得不可思议。

“嗯……”

千鹤子奔放起来，西谷也越来越亢奋，亢奋中的西谷想到这个女人明天将躺在村井面前，接受手术。

麻醉，在熟睡中流血，被夺走胎儿，这一系列血淋淋的想象令西谷升腾起对千鹤子无限的爱怜。

五

第二天，西谷中午过后来到千鹤子的公寓。在这之前三十分钟千鹤子做完手术回来，已经躺下休息了。

“怎么样？”

“做完了。”千鹤子在被子里回答,眼神恍惚。麻醉已经消散了，但那眼神里分明还有麻醉的余影。

“痛不痛？”

“有一点，身体里面火辣辣的。”千鹤子舌头不听使唤地说。

“要不要吃止痛片？”

千鹤子点点头，头转向枕头一侧。

“是不是这个药片？”

“那是防止化脓的，止痛片在那个红色纸袋里。”

西谷打开红色纸袋，撕开，倒入千鹤子的嘴里，千鹤子躺着吞下，又喝了一点西谷端来的水。

“手术怎么样？”

“打了麻药，什么都不知道。”

“麻药用足了没有？”

“用足了，这会儿脑袋还晕晕乎乎的呢。”

“你睡一会儿吧。”

“你在这儿陪我？”

“那当然，我不走。”

“真的？我太高兴了。”千鹤子闭着眼睛轻轻低语。初夏的阳光透过花边窗帘照进来，千鹤子那黑色睫毛和挺拔的鼻梁在阳光的照射下投下一点阴影，影子映在她那苍白的脸上。

虽说是星期六下午，但周围没有一点人声，一切显得那么寂静。

西谷抽着烟坐在千鹤子身边，眼前的景象让他恍惚产生错觉，仿佛自己和千鹤子多少年来就一直这么互相厮守。

不管怎么说，千鹤子是个不幸的女人，虽然她有时会冷不丁说些肆无忌惮的话，但那正是她软弱的表现。因为他，她怀了六次，又老老实实地流掉六次，这不是哪个女人都愿意的。

如果这么对比的话，自己的妻子真是个幸运儿了。妻子第一次怀孕便生下来，中间虽然做过一次人流，但紧接着妻子又怀孕，于是生下第二个孩子。怀孕三次，只做了一次人流。如今被两个孩子围着，生活又有保障，妻子实在是逍遥自在，真该让她知道一点千鹤子的痛苦，妻子再要嫉妒也太过分了。

让千鹤子做了六次人流，这个事实实在让西谷觉得无颜面对千鹤子。

今天下午，西谷原本是约了同事一起去打高尔夫球的，后来被他推掉了，说家里有急事。但对家里，他打了电话，说是打高尔夫球去了，要晚一点回去。

因为昨晚没有回去，妻子在电话那头只冷冷地说了句“是吗”。听声音就知道她很不高兴。

西谷打开电视，电视里正在重播一个星期前的电视剧，西谷漫不经心地看着。

周六下午，一个天气爽朗的初夏的日子，谁都不会想到西谷此刻就这么静静地看着电视，陪着一个熟睡的女人。妻子可以猜到千鹤子的存在，但她决不会想到西谷就这么一动不动地守着她，这情景她一定想象不到。想到自己为了千鹤子，就这么悄悄地守候在她身旁，西谷觉得欣慰。

三点了，西谷开着电视机，打了会儿盹。

“喂……”被千鹤子叫醒时已经四点多。他抬起头，看见千鹤子在被子里望着他。

“怎么啦？”

“你一直都在这儿啊？”

“那当然。”

“我做了个梦，梦见到处找不到你。”

“怎么会？”

“我梦见自己手术前突然害怕起来，想让你待在我身边。”

千鹤子从被子里伸出手来，不知是不是因为手术的关系，她的双臂苍白无力。

“握住我……”

西谷屈膝挪过去，紧紧握住千鹤子那苍白的手。千鹤子的手软绵绵的。西谷想起迄今为止，每次千鹤子做人流，他既没去送过，也没有在手术后去接她。反倒是妻子，做唯一的一次人流时，他还亲自开了车去接回家。

“痛吗？”

“身体里面还是烧得慌。”千鹤子皱着眉。

“再吃点药？”

“我还忍得住。”

“肚子饿了吧。”

“因为要用麻药，早晨就没吃东西。”

“那叫一份外送的寿司？”

“我还想喝点汤。”

“还想吃点什么？”

“有没有什么清淡点的东西？冰箱里不知有没有。”

西谷起身到厨房。“有西柚。”

“就要西柚吧。”

西谷在厨房将西柚切成两半。

等千鹤子吃完寿司，已是傍晚时分。

“哎，今晚还可以陪我吧？”

“嗯……”

今天不回家，就是接连两天在外过夜了，以前西谷从没有连着两夜不回去。上次千鹤子人流时，他就在手术当天住了一晚。

“陪陪我好吗？”

“……”

“别走了，你走了我痛起来怎么办啊，就住这儿吧。”千鹤子带着命令的口气说道。

手术当天就将她一个人扔在这里，西谷的确于心不忍，这也不是经常有的事，她已经失去了孩子，还要忍着痛，想想太可怜了。

“好吧，就住这儿。”

“太好了。”千鹤子躺着，两眼闪闪发光。

那天晚上十点，西谷和千鹤子并排躺下睡了。大概因为白天都睡过了的缘故，两人都不太困。

“下次我们一定要做好措施，别再怀上了。”

“什么措施？”

“有好多办法，比如避孕套……”

“我不喜欢。”

“可老这么下去，你身体要搞垮的，村井也说最好避孕。”

“我不管医生怎么说，反正我讨厌，身体垮了是我自己愿意的。”

“为什么……”

“戴着套套做爱那是骗人的把戏，我要的是你实实在在的东西。”

“千鹤子。”

西谷将千鹤子猛地搂紧，千鹤子那瘦弱的身体翩翩然如羽毛般没有一点分量。

六

隔了一天，星期一下午，村井打电话到西谷的公司。

西谷替千鹤子道了谢，并说“正打算过两三天去看你”。

“有些事，我想和你谈一次。”

“什么事，突然这么认真？”

“现在不太好讲，你说话也不方便，今天下班你来一下吧。”

“大概要九点，没问题吧？”

“没关系，我等你。”

电话就这样挂了。西谷参加了一个客户的新公司开业典礼，结束后到村井家时已将近九点，村井已收拾着准备出门，正在穿西服。

两人来到四天前一起去过的那家小饭馆，在吧台边落座。因为已过了晚饭高峰，店里客人不多。

“让你费心，谢谢啦。”西谷拿起啤酒杯和村井轻轻碰了一下，喝了一口说，“你说有事，到底什么事？”

“就是你那个女朋友。”

“出什么问题了？”

“放心吧，手术做得很顺利。”

“那是怎么了？”

“我想你可能还没发现，她好像有点中毒了。”

“中毒？什么中毒？”

“戊硫代巴比妥。”

“戊硫代巴比妥？”这药名西谷从没听说过。

“这是一种麻醉剂，千鹤子做人流时，就是用戊硫代巴比妥麻醉。这种麻醉剂也有药片，但一般都是将药粉用蒸馏水稀释，再进行静脉注射。目前一般医院在做人工流产时，通常都用这种麻醉剂。”

“是这样。”

“既然是麻醉剂，用了肯定会睡着。如果是做安眠药，它的剂量是相当大的，所以醒来时人会感觉昏昏沉沉。如果注射过多，还会引起呼吸麻痹。所以这种药虽说很普通，但如果剂量用错的话就很可怕。”

“那你是说千鹤子有戊硫代巴比妥中毒现象？”

村井点点头。

“你能确定？”西谷觉得自己比谁都了解千鹤子，他不相信她中毒。

“你不相信也难怪，但上次给她注射麻醉剂时是她自己坦白的。”

“她怎么说的？”

“手术前静脉麻醉，一般的女病人都有点恐惧，至少会害怕，可她一点都不紧张，非常镇静。”

“她做了那么多次，已经习惯了吧。”

“我开始也这么想，但这种麻醉剂，剂量不同作用也不一样。戊硫代巴比妥可以是一种安眠药，但剂量少的时候又是一种兴奋剂，注射后人就像喝多了酒，话也多起来。所以精神科也用它帮助医生了解患者内心深处的想法。”

“那么千鹤子说什么了？”

村井拿出香烟，点上。“刚注射少量，她便说话了，神情陶醉起来：‘医生，我最喜欢这个麻药了，那进入梦乡的瞬间太美妙、太舒服了。’”

“后来呢？”

“再推进一点药剂后，她便不停地自言自语‘太好了，真舒服啊’。最后她还说‘有这个盼头，做人流也不怕了’。”

“真的……？”

“当然是真的，你不信的话，我把那几个当时在场的护士叫来。”

“照你这么说，她是为了注射那个药才去堕胎的？”

“这应该不是她事先预谋好的吧。可能在多次的手术中用这个药，她不知不觉上瘾了，也不知什么时候还喜欢上了，觉得打了麻药那么舒服。”

“……”

西谷糊涂了。每次乖乖地去堕胎的千鹤子，难道心里还藏着这么令人吃惊的念头？

“那家伙可想有个孩子了。”

“我相信。不过，在想要孩子的愿望之外，她还喜欢上了戊硫代巴比妥，这也是事实。”

“我真不敢相信。”西谷低声说。如果在堕胎的同时千鹤子居然还会偷尝中毒的快感，那么，西谷对千鹤子的同情心有稍稍的改变。

“那么，这到底是什么时候开始的？”

“我也问她了，好像是从前两次开始的。”

“前两次？那就是说，是第一次在你那里做人流时。”西谷说话时，突然想起一件事，“那次该是她让你给她看胎儿的时候。”

“你听说了？”

“她说的。”

“她说一定要看一眼。结果她战战兢兢地看了一眼便转过头去。这么说来，就是那次她开始体会到麻醉的快感了。”

“那前一次她也有反应吗？”

“现在回想起来，上一次注射时，她的样子就一点不害怕，反而高兴地躺在手术台上。打麻药前她还说‘多来一点’。后来药一推进去，她就说‘太好了’，转眼舒服地睡着了。”

“有没有其他病人因为这种麻醉而中毒上瘾的？”

“这是比较特殊的药，一般人不会轻易搞到手，所以由此引起的中毒上瘾不多见，但既然它剂量大时是一种安眠药，当然可能引起中毒。”

“照你这么说，人流做得多的女性都会中毒喽？你不是说七次不算最多的，有人还做过十次呢？”

“不是所有多次人流的女性都会这样，有些人会，有些人就不会。”

“这话怎么说？”

“就是说有人容易药物中毒，也有的人不容易。她应该属于容易中毒的。”

“为什么……”

“原因有很多，根据人的性格、环境，都会有差异。”

“……”

“反正，你要和她谈一次，让她注意。”

“这可怎么对她说呢？”

“是不太好开口啊。”这下村井也不知怎么说了。

七

第二天，西谷下班后去千鹤子那里，她刚要出门去上班。大概是因为手术后已经过了四天，千鹤子的脸色已基本恢复正常，眼神重新温和起来。

“身体怎么样了？”

“还有一点出血。”千鹤子一边回答，一边煮上咖啡。

“昨天我见到村井了。”

“我手术后还没去过呢，他说什么没有？”

“手术的事他倒没说什么，讲了其他的事。”

千鹤子将咖啡放在西谷面前。

“他说，你好像有点麻醉中毒。”

“他还是告诉你了，那医生真是个傻瓜。”

“别瞎说，村井说戊硫代巴比妥中毒很麻烦的，现在还没关系，真的上瘾就很可怕的。”

“我可没有中毒。”

“可村井说你说太舒服了，还求他多打一点。”

“打完能睡着，那当然舒服啦。你感觉自己在慢慢地沉下去，沉下去，一直滑入那甜美梦乡，那个时刻的感觉真是无法用语言来描述，就像要上天堂。”千鹤子眯起眼睛，回味起那个瞬间。

“这么舒服，就是中毒的前兆。”

“照你这么说，那我该怎么办？”

“反正要当心一点。”

“当心不当心，堕胎时都要打那麻醉药，那有什么办法？怨不得我呀。”

“村井说了，中毒也有性格上的原因，你别再那么让自己陷进去。”

“我偏要陷进去。”

西谷惊讶地看着千鹤子。千鹤子坐在对面的凳子上，抱紧双臂：“就是因为有这么一点点的盼头，我才有勇气去手术。”

“可是……”

“那么羞辱、那么痛苦的事，要是没有麻醉后的那份极乐，我真的受不了。”千鹤子的一双大眼睛泪如泉涌。

“这有什么好哭的呢？”

“你根本不明白女人的痛苦。”

“不是这样的，我知道对不起你。”

“我快要疯了，所以就想手术时能不能有一点让我开心的事，现在终于在麻醉后要睡着的时候，我看见自己和你在一起。”

“在一起？”

“是，我迷迷糊糊中看见你在为我担心。”

“别说了，我都知道了，下次不再做人流。”

“那你是答应让我生下来？”

“不对，是一定不能再让你怀上。”

“我不愿意，我早就说了。”

“可这样下去又会怀孕。”

“怀就怀，怀了再做。”

“你这么胡闹身体就垮了。”

“我不管这些，我就是想中毒上瘾，把这子宫、身体都毁了才好。”

“你胡说些什么傻话，别任性了！”

“我没任性，除此之外我还能怎样啊！”千鹤子拼命摇头。

“怀了孕再堕胎，你以为这是逞能啊！”

“我可以做的只有这个，只有在堕胎这一件事上你听我的，也只有在这个时候你才会为我担心。”

“……”

“已经流掉六次了，所以你觉得对不起我，才对我这么好，只有做人流时，你才对我这么温柔，才会住在这里——我说得没错吧？”

“不是这样的……”

“怎么不是？你一开始就不想让我把孩子生下来，你是个大骗子，谎话连篇的大骗子！”

“别说啦。”

“我偏要说！我还要怀孕，一次又一次怀孕，怀了再流，我要让你无路可逃！”

千鹤子咆哮着，大滴大滴的泪珠淌下来，流到脸颊上。西谷看着她，心想，今晚又要住下了。

回放的录像带

一

河野从银座的“麦克伦”夜总会出来时，正是午夜十二点。

夜总会是十一点四十五分打烊，这会儿已经过了关门时间。

其实所谓的关门，是指那些没被客人点名的女孩子可以回家了，但只要还有客人在，加班三十分钟或一个小时是很平常的事，接客的陪酒女当然也会留下来。有时即使过了关门时间，只要有客人进来，女孩们照样笑脸相迎。

为了挣钱，哪能死抠什么关门时间？

河野今天来“麦克伦”夜总会，是招待客户——一个钢铁厂的重要负责人。

如今，河野在一流的大贸易公司S商社的机械二部任部长。这一阵，每周总会有一两次这样的应酬，招待客人在银座一带转着圈儿喝酒。

在外人看来，河野现在活得挺滋润，经常出入高级料理店，吃山珍海味，在夜总会被美女包围。可招待客户时，你哪还有兴致品酒？连美女都顾不上细看。

出了店门，河野把那当官的送到出租车站，这才来到他熟悉的“中寿司”，在那里等广美。

广美是“麦克伦”的陪酒女，今年二十三岁。今年四十九岁的河野，和广美差两轮多。

河野在夜总会，一般不太喜欢找太年轻的。年轻的女孩当然富有朝气，身材体形也好，看着非常养眼，但这些仅仅只是外表，当你坐近和她聊上几句，便会觉得实在乏味。

因为年轻，缺乏阅历，所以谈吐稚嫩，这是很正常的。可她如果认为自己年轻，男人都会对她趋之若鹜，摆出一副自以为是的态度，那河野马上就会兴味索然。

诚然，出入酒吧、夜总会的以四五十岁的客人居多，这些稍稍上了年纪的客人，自然比较喜欢年轻的女孩，但事实上并不是年轻便什么都好。河野喜欢不仅仅年轻，而且具备与她的年轻相得益彰的女人味，并有一定教养的女孩。

在河野看来，广美虽然年轻，却端庄稳重。她长得不算漂亮，但身材娇小,是个招人喜欢的姑娘。广美到“麦克伦”才两三个月，今天是她第三次接待河野，她为人低调，不矫揉造作。

坐在一起时，只要店里的头牌陪酒女在说话，她便老老实实在一旁附和。只她一个人陪客人的时候，她却天南海北，谈锋甚健，思路也相当敏捷。看得出来，她是个很知道分寸的人。

今晚河野和广美在夜总会外面见面，还是第一次。

其实,河野原本今天并没有打算约广美,结果带着客户到了“麦克伦”后，碰巧广美坐在他身边。

就这样，两人说了一个多小时的话，不知不觉熟了起来。河野随口说了一句：“怎么样，下了班一起去吃点寿司？”没想到，广美很乐意地答应：“好啊，那就带上我。”

以前也有过几次，夜总会关门后，河野带上陪酒的女孩一起去小酒馆或饭店吃东西，但很少一对一两个人去，大部分时候是一两个客人带上两三个女孩。

河野想，广美和自己并不是太熟悉，她嘴上答应，但一定还会再拖上一两个女孩一起来，或者直接爽约。

河野一个月去“麦克伦”两三次，但他并不是广美的客人，和她也不很熟稔。这样一个叫座的年轻女孩，下了班，没必要再来应酬他。

所以，河野并没抱什么希望。他心想，不来也罢。

四十九岁，正是男人打拼的关键当口，能不能再高升一步就看现在了。这时候，被一个陪酒女孩喜欢也好，讨厌也罢，都是无足轻重的。两个人单独相处，一不小心喜欢上倒还麻烦呢，河野在心里这么告诫自己。

毫无自信的河野，设想了无数个广美不会如约而至的理由。可他嘴里吃着寿司，眼睛却一刻不停地留意着店门口。

出乎意料，河野在寿司店坐下不到十分钟，广美就来了，而且只有她一个人。一定是河野走了之后，她就收拾好赶过来的。

刚才在店里，广美穿了一件针织连衣裙，显得非常年轻，看上去只有二十岁。现在,她又在外面加了一件黑色领子的深色大衣，那张带点孩子气的脸一下子显得妖娆起来。

不是夸张，广美让河野眼睛一亮，比起寿司店里另外几个陪客人来的陪酒女，广美玲珑可爱。

一进店门，广美轻轻抬手冲河野招呼着，径直走来。

“让您久等了吧？对不起。”

“哪里，你这么快就出来了。”

河野挪开身边座位上的大衣，把自己左边的位子让给广美。

“来点什么？”

“那我就不客气了。”广美脱下大衣，用毛巾擦了擦手，环顾了一下，点了金枪鱼。

“这里的寿司很不错。”

“是啊，味道真好。”广美嘴里塞得鼓鼓的，看得出来，她是真心觉得好吃，不像有些陪酒女孩，非要摆个架子。河野越来越觉得，这个年轻又不做作的广美很合自己的心意。

“是不是原来另有约会？”

“没有啊。”

她回答得老老实实，没有故作姿态。有些陪酒女孩明明没有其他约会，偏要假模假样做出另外有约的样子，好像她是勉为其难跑来似的。

“你什么时候到这家夜总会的？”

“三个月前，是九月份。”

“以前呢？”

“之前干过半年招待。”

“是这样。”河野想，怪不得广美不太有世故气。

广美先吃金枪鱼，又要了鲣鱼、虾、海胆。碰到海胆这种价格比较贵的，广美点之前还特意问一声 :“我要这个没关系吗？”

河野当然不会说不行，但广美这事先一声征询，让河野觉得她是个很知道自重的女孩。

最后，广美又要了一个普通的紫菜饭卷。吃完后，她一边拍拍肚子，一边说 :“太好吃了，再也吃不下了。”

广美的吃法犹如邻家女孩，自然朴素，让人看着舒服。不像有些陪酒女孩，吃寿司时要派头，尽点些贵的，最后又吃不完，剩下的一扔了之。

“你在哪儿做过招待？”

“在新宿。”

“那怎么会来这家夜总会的呢？”

“我有个朋友在这里，她介绍我来的。”

“你朋友叫什么名字？”

“叫明美，不过现在已经不干了。您认识她？”

“噢，有一点点印象。”

那女孩有一两次被派到河野的位子上，河野只记得她个子很高，其他就没印象了。

“今天怎么没叫上志保？”

“没有啊，为什么？”

“部长是志保照应的客人，所以我一个人跑来吃了这么多好吃的，总觉得不太好。”

“志保也就是照应我一下，仅此而已，我和她没什么其他关系。”

广美听完点了点头，不再吭声。

所谓照应客人，就是客人结账时，有一个专门负责的女孩。照应河野的一直是志保。那个志保，今天倒是对河野说了句“带我去哪儿吃饭吧”，但河野因为已约了广美，就说“明天要起早，今天回家了”，拒绝了她。按客人和陪酒女之间的规矩来讲，今天河野是该带着志保和广美两人一起来的。不过，河野和志保单纯是客人和陪酒女的关系，他们已经认识两年，也知道了彼此的脾性，这会儿也不可能再有什么进展。

“我没跟志保说来吃寿司，你可别告诉她今天上这里来了。”

“您这人真坏啊。”广美轻轻瞪了河野一眼。

“不过，我身上也有好东西啊。”

“就我一个人吃了这么多好吃的，真有点过意不去。”

“你可别这么想，不再吃点什么了？”

“我真的吃饱了。”

“你不太能吃嘛。”

“哪里，我可吃了不少。”

广美喝了口茶，突然想起什么似的说：“对了，让我打包一盒行吗？”

“打包……”河野觉得奇怪，她刚才还说吃饱了，干吗还要打包一份呢？

“好啊。”河野心里诧异，嘴上却回答得非常爽快。

“厨师，要一份打包外带。”

“好嘞。”厨师响亮地答应道。

这一声吆喝唤醒了河野尘封的记忆。眼前的情景似曾相识，它和河野记忆深处的某一个遥远的场面如出一辙。河野心里纳闷，这世上竟然会有如此奇妙、如此不可思议的事？多年前的一幕，渐渐变得清晰起来。

二

那时河野二十六岁，大学毕业后过了三年。

当时，河野和一个叫千景的女孩同居。千景在新宿一家叫“花马车”的夜总会做陪酒女。“花马车”当时是新宿规模最大的夜总会，千景是那里的一个非常叫座的陪酒女。

千景长着一双大眼睛，很好强，性格有点像男孩子，非常豪爽。

河野被公司里的前辈带去夜总会，在那里认识了千景。他后来才知道，前辈S其实也喜欢千景，但千景却对河野这个涉世未深的小伙子更感兴趣，在河野出门回家时，千景悄悄地对他耳语：“下次你一个人来，钱你就别管了。”

那是河野第一次到那么高级的夜总会，也是第一次被陪酒女灌下迷魂汤。

就这样，他被千景缠住，住到了一起。同居后，河野很少回自己的公寓，每天上班都是从千景的公寓出门。

他和千景同居了两年，最后被老家的父母知道了。由于父母和周围的朋友一致反对，他俩最终没能走到一起。

撇开结果不说，两人同居的时候，河野是的的确确爱着千景的，千景也毫无疑问是爱着他的。

那事发生在两人同居半年左右的时候。

那时候夜总会十一点关门，但经常不能准时下班，有时要陪客人吃饭应酬，所以千景回到家时总是凌晨一两点。

这么晚，河野不可能每晚都等她，否则第二天上班就要迟到了，所以大部分时候千景回来时，他已经睡了。

那天晚上，河野照例先睡了。河野睡觉前喜欢看看书报杂志，那天他看着看着又睡着了。

“庸，庸。”

河野的名字叫庸平。河野这么被千景唤醒时已是凌晨一点半。

千景的公寓包括一间四张榻榻米大小的客厅和厨房，还有一间八张榻榻米大小的房间。因为房间不大，所以尽管河野已经睡下，千景回来时，他总能听到一点动静。

“嗯……”河野睡眼惺忪地睁开眼睛，看见千景正在和式衣柜前解和服的腰带。

“你肚子饿不饿？”

“嗯。”

千景一般傍晚六点出门去店里，出门前她通常会给河野准备好晚饭。有时梳头穿衣搞晚了，她会事先打电话到公司对河野说：“晚饭没来得及准备，你在外面吃了再回来吧。”

那天河野也是在外面吃的饭，到了深更半夜，他还真有点饿了。

“我带了很好的寿司回来，你起来吃一点吧。”

那个年代，虽然已经过了战后最贫困的时期，但物资依然很贫乏，寿司算是很高级奢侈的食物，所以尽管有点犯困，河野还是起来了。

千景在睡衣外披了一件睡袍，把带回家的饭盒解开。

“看！不错吧，这是‘菊寿司’的寿司，那家店是新宿最有名的。”

寿司显然是刚做出来的，还有点温热呢。河野在睡衣上套了一件短棉褂，在被炉前坐下。

千景端来酱油和小碟，放在河野面前。

“味道怎么样？”

“嗯，太好吃了。”

这寿司和河野以前学生时代吃过的，或下班在外面吃的便宜货完全不同，饭团上的生鱼片又大又厚，味道鲜美，价格大概也是普通寿司的几倍吧。

“你不吃一点？”

“我不吃，刚才在那里已经吃饱了。”千景神情满足地看着河野狼吞虎咽。

“这是谁买的？”

“是一起去吃饭的客人，他对我很中意，经常来店里。”

“那家伙是干什么的？”

虽说还给打包带了一份寿司，该谢他才是，但河野有点担心他死缠着千景。

“他叫大村，在一家大服装公司当部长。”

“他是不是喜欢你啊？”

“应该是这样吧。”

“你好像对他也有点意思。”

“你说什么傻话，我有你呢。”

“女人可是经不住男人穷追不舍。”

“那部长可不是这种人，他挺绅士的，仅仅是作为客人，觉得我挺可爱吧。”

“真是那样的话就好。”

“他和我年龄相差两轮多呢。当部长的，钱是不少，但我对那把年纪的人可没兴趣，看他很关照我，所以就陪他吃饭。”

千景的话让河野的自尊心很满足，但他嘴上还是有点不甘：“那些家伙反正也是吃公款，你不吃白不吃。”

吃着别人送的寿司，嘴里说着恬不知耻的话，这正是既没钱又没地位的男人的自卑表现。

“可是，有他们这些人花钱，我们才有饭吃呀。”

“那倒是。”

“我给你倒茶。”千景在厨房忙活。河野已经把那盒寿司吃掉一大半。

“今晚可真冷呀，是这个冬天最冷的一天了。”

千景竖起睡袍领子，把茶端来放在河野面前。

“那我全都吃啦。”

“吃吧。”千景看着河野轻轻笑起来。

“怎么了？”

“看你吃得真香。”

“可不，真是太好吃了。”

“那就好，带回来给你还值了。”千景深情地看着河野，望着自己心爱的人心满意足的样子，千景为自己的付出感到欣慰。

那个让千景打包寿司的男人是怎样的男人呢？河野不由得在心里做着种种猜测。

按千景说的，那个男人应该五十出头，大公司的部长，那么对千景来说，他是个好客户。

河野想象着那个中年绅士当时让千景打包的情景，这想象倒使河野突然涌起一阵歉意。他问道：“这寿司，你是怎么要来的？”

“我就说我能打包带一份回家吗？”

“可他以为你是一个人住的呀。”

“那还不好说吗？我说我和妹妹住一起。这么一来，他反而说，你妹妹这么晚还没睡等着你，怪可怜的，给她带去吧。你看，这男人有多傻。”

“傻……”

“就是啊，他一点都不怀疑，这会儿他一定不会想到是你在狼吞虎咽呢。”

河野一下子没了食欲。盒子里还剩了些紫菜卷、乌贼，都是些他不太喜欢的东西，但这并不是他没了胃口的原因。

河野猛地喝下一杯茶。

“怎么不吃了？”

“嗯。”

千景奇怪河野怎么突然不吃了，她站起身从壁柜里取出被子，说：“今天冷，再加一床被子吧。”

河野看着千景铺被子，脑子里又想起那男人来。

一个五十岁的男人，家里一定有一个四十过半的妻子，膝下有两三个子女，大的可能都大学毕业了。在公司里当部长，出入高级俱乐部，应该说他的仕途一帆风顺。

为了获得这些地位和金钱，他付出了他的青春年华。他自己应该最清楚，和他的仕途正相反，他的身体在一天天地衰退，在走下坡路。

河野联想起自己公司里的部长那张有点憔悴的脸。

那个男人之所以出入千景所在的那家夜总会，不仅仅是为了招待客户，他应该还有一份奢望——在年轻女孩的陪伴下，找回一点逝去的青春。否则他也不会出了夜总会还请千景吃寿司，甚至让她带一份回家。

千景说他绅士，其实是他顾及自己大公司部长的体面，害怕追不到女孩，反倒丢了面子、失了自尊，所以行事小心罢了。但内心里，他和那些好色的中年男人没有任何区别，这就是所谓的男人。

那男人慷慨地让千景打包回家，还用车送她到家门口，都是他的私心作祟。他竭力博取年轻女孩的欢心。女孩觉得这样的男人是个傻瓜，可对这一切，男人是动了真格的。

这么一想，河野开始觉得自己有点对不住那男人了。

他自以为有女人爱着，听凭她去撒谎，践踏别人的好意。穿着短棉褂，享受着女人的宠爱，他吃得悠然自得。

但是，不容置疑的是，我的青春，我的活力也在慢慢地、一点点地失去。

有一天，当青春不再，我会怎样呢？我不可能再像今天这样，依赖一个女人的爱活下去。我也会老去，也会像那个部长一样，被年轻女孩盘算着哄上几句，到那时候，只能靠钱让女孩来搭理你。

这一天，不是也许会到来，而就是他的未来，确确实实地等着他呢。

只要你无法逃避衰老，无法抗拒时光从身边流逝，那么吃别人的白食寿司也好，被女人宠着悠然自得也好，一切都将是过眼云烟。再过两年，或许三年，你结婚、有了家庭，这眼前的好光景就一去不复返了。

到那时候，就轮到你买了寿司，被别的男人嗤笑了。

河野被自己的遐想吓了一跳，他慌忙抬起头，显得焦虑起来。自己真是个自以为是的男人，不能再这样安于现状、沉溺于眼下的生活了。

“怎么了？表情突然这么严肃。”正在镜子前卸妆的千景问道。

千景是个女人，她觉得现在和这个自己喜欢的男人实实在在地相爱着，就足够令她满足了。

“你不吃了吗？太可惜了，那我给你收起来，明天早餐吃吧。”

千景将剩下的寿司收拾起来。河野喝着茶，眼前恍惚出现那个可怜男人的身影，那身影渐渐和自己的重叠在一起。

“哎哟！两点了，快睡吧！”千景贴过来，身上一股诱人的芳香，那张略施粉黛的脸充满期待。

河野熄灭烟头，钻到被子里。千景又查看了一下门锁，关上房间的大灯，打开枕边的红色斗笠台灯，也躺了进来。

夜里两点，周围一片寂静，除了远处传来的汽车喇叭声，一切静悄悄的。

在昏暗的灯光中，河野继续着刚才的思绪。

现在和将来，时代可能变迁，但衰老无法抗拒。总有那么一天，自己将迈上和那男人一样的年龄。

你可能觉得这一天离自己很遥远，可事实上这一天将很快来临。

河野想象着自己的将来。再过二十年，自己四十六岁，从中年迈向老年，如果没有什么特殊情况，他还会在现在这个公司。如果顺利，他也该当上部长了，抑或是哪里的分公司总经理。那么为了招待客户啦，应酬啦，晚上也会经常出入夜总会之类的地方。到那时，对年轻女孩来说，自己虽然有钱有地位，但已人到中年，她们对我也会兴味索然，就像千景对今天那个买寿司的男人。更何况，到那时还不知道自己是否具备那样的地位和经济实力呢。

河野叹了口气，他第一次这么认真地思考自己的今后。千景在被子里悄悄伸过脚尖，这是让他抱住她的信号。

自己年轻，又有女人爱着，吃着别的男人买来的寿司，自己真是个幸运儿，不是每个人都会有这种运气的，这大概是年轻所具有的特权带来的额外收获吧。

那么，既然是额外收获，就不会好运常在。人都会慢慢衰老，总有一天，自己和那男人一样也会步入中老年的行列。

到那时，如果我有了与那男人一样的地位和经济能力，我希望自己也能和那个男人一样，只要女孩开口，就默默地买了外卖让她带回家去。就算那外卖是被一个男孩，一个在女孩公寓等着的男孩吃的，我也不要去追究，更不要生气或愤慨。如今自己这么幸运，以后为年轻人做点什么也是理所当然的。

所谓的因果报应，就是因和果的循环，也就不可能总是好运连连。既然有风调雨顺的好时光，也会有背运的天灾人祸，那时就只好听凭摆布。这便是自然的规律。

河野想象，自己青春不再的时候，微微一笑替别人买寿司的样子。人家说有妹妹，那就别去问个究竟，坦然地埋单，既然已准备施之于人，那就不要有疑人之心，要做个有胸怀、解人意的男人。

这样才对得起自己年轻时所受的一切恩惠。

这么一想，河野好像总算给自己找到个理由。对刚才的那番狼吞虎咽，他终于可以心安理得了。

三

眼前，那位厨师正精气神儿十足地捏着寿司，捏完的寿司一个接一个整齐地摆放在盒子里。

广美看着寿司被一个个装上，悠然地喝着最后一杯茶。

望着面前的场景，河野在心里计算，自己和千景同居是多少年前的事。

那时，他大学毕业刚三年，二十六岁，距现在已经二十三年了。

这个女孩是不是也和当年的千景一样，让客人给自己埋单，然后把这份外卖深夜带回去，给自己喜欢的男人一饱口福呢？

“有个客人对我很中意，那人都五十岁啦。”广美说着，把盒子递给等着她的男人，那男的穿上短棉袄，大大咧咧地爬起来，接二连三地把寿司塞入嘴里。

“好吃吗？”

“嗯，真不错，你不吃一点？”

“我在寿司店已经吃了不少。”

“那男人没想到是给我吃的吧，就这么乖乖地埋了单，够蠢的。”

男人一口一个，风卷残云，广美在一边看得心满意足，忙乎着给他添茶倒水。

人们对自己经历过的事，总是想象得比较逼真，轻易就把自己的所作所为移花接木到他人身上。

河野把自己当年和千景的情景，套用在广美身上，这二者之间除了横跨着二十余年的岁月，其他什么都没有改变。

这盒寿司到底是给谁吃的呢？河野实在难以抑制住心里的好奇。他既不愤怒，也不可惜，只是一心想知道结果，只想证实一下。

“你家住哪儿？”河野绕着圈子，小心地问道。

“在神宫前。部长您呢？”

“我住涩谷。”

“噢，那很近啊，送送我吧？”

“好啊。”

广美回答得滴水不漏，神情自然。河野又拿出一支烟，点上火。

“住在高级公寓？”

“我哪有能力住高级公寓？只是普通的公寓房。”

河野吐出一口烟，鼓起勇气问道：“你不是一个人住吧？”

“开始就我一个人，现在和妹妹住一起。”

“妹妹……”

一瞬间，河野语塞，自己的猜测好像都被证实了。二十几年前的事，竟然像被录制成了录像带，历历在目地回放在他眼前。

“您怎么了？”

“噢，没什么……”

“平时打扫卫生、做晚饭都是妹妹帮着干的，难得带盒寿司回去拍拍她马屁，让她高兴高兴。”

“你妹妹多大了？”

“比我小两岁，二十一。”

广美对答如流。如果是谎话，不至于说得这么不露破绽吧。

但河野又转念一想，能这么对答如流，也可能是她经常撒谎的缘故，自己当年不就见识过这种女孩嘛。

“你妹妹已经睡了吧？”

“是啊，不过听说有寿司，一定会高兴地爬起来。她最喜欢吃寿司了。”

他曾经也是这样的。河野的脑海里浮现出的图像不是她妹妹，而是一个男人在吃寿司。

“部长，您不给家里带一份回去吗？”

“我家里那一位早就睡下了。”

“不过，给她带去，她一定会高兴的呀。”

“都这把岁数了，也不想讨老婆欢心了。”

河野竭力掩饰内心的七上八下，可就是无法平静下来。难道是自己在嫉妒吗？嫉妒这么一个素昧平生、想象中的男人？

那个男人吃着我买的寿司，一男一女穿着睡衣卿卿我我，可能还会一起笑话我，“那个傻瓜部长”。

河野如坐针毡，他怎么还能若无其事地坐着等那份寿司？

“部长，您怎么了？突然严肃起来。”

“没有啊……”

“是不是想起工作上的事了？”

“嗯，突然想起一件多年前的往事。”

“多年前的往事？”

“别介意，和你没关系。”河野手脚忙乱地又点上一支烟。

我这是胡思乱想什么呀，不就是一盒寿司嘛，哪值得这么斤斤计较？就算这盒寿司是给那年轻小伙子吃的，如果这寿司能让那小伙子高兴，能让他填饱肚子，不就是件好事吗？

想想自己的过去，难道还有责难别人的道理？

青春终将不再，人人都会有这一天，这是因果报应。我不是曾发誓：当我不再年轻时，我也要像多年前的那位部长，像他当年为千景打包买寿司一样。眼下，我也不该嫉妒，心胸放宽点，埋单就是了。

只是，这一天竟然来得这么早。说实话，我以为这一天离自己还遥远得很呢。不过既然早晚要面对这一天，又何妨它今天来临？这样我就不必终日惶惶不安了。

“让您久等了。”厨师响亮地招呼一声，递上寿司盒。

“那我就不客气啦。”

“哪里哪里。”河野佯作平静地站起身。

“谢谢您的招待，太好吃了。”广美彬彬有礼地道谢。

两人走出寿司店，已是凌晨一点。深夜的银座依然车水马龙。河野预约的出租车早已等候在K会馆前面，他俩上了车。

“那就先送我回家，可以吗？”

“行啊。”

这会儿，河野对广美并没抱着贼心。如果他还别有居心的话，那就要继续转到六本木或赤坂，到那里再喝上一阵，然后绞尽脑汁说些甜言蜜语。但是，河野已经没有这样的精神头去追女人了。况且，那盒寿司引起河野联翩的浮想，那些想象早把他对广美的兴趣一扫而光。

汽车由电通大道往日比谷方向驶去。

“今天太开心了。”

“是吗？”

吃完寿司，两人的交谈就有点心不在焉了，河野是因为半中间没了兴致，广美倒是满心欢喜的样子。

“下次再带我来啊。”恍惚的灯光下，广美转过头对河野说。她那原本孩子气的脸上透出妩媚的气息。

这女孩一定不简单哪，她外表纯情、天真，其实一定和一个男人在一起；以前做女招待，可那男人不好好干活，所以难以维持生计，这才跑到夜总会来的。

河野的猜测又一个劲地往那个不相识的男人靠拢。

车已开过青山大道,往涩谷方向驶去。车子在二丁目路口左拐，到了第二个路口，广美探身对司机说：“就停这里吧。”

只见三两家小酒馆还亮着灯，周围是漆黑的大楼和一些住宅小楼。

“部长，那我就在这儿告辞了。”

“你住的公寓在哪儿呢？”

“就在这小路尽头，很近的，不用管我了。”

在家附近下车，不想完全让你知道她的住所，这是有男朋友的陪酒女惯用的伎俩。显然，广美也不愿让人清楚地知道自己住在哪儿。

“是吗？”河野朝小路看了一眼。

“部长，祝您晚安。”

“晚安。”

下了车，广美挥了挥右手，车子启动了，她左手提着寿司快步朝里面走去。

“再去哪里？”

“涩谷的南平台。”

“明白了。”

车子掉头，又驶向青山大道。

快到圣诞节了，大道上缀满灯饰，透过玻璃窗，可以看见餐厅灯火通明，一对对衣着鲜亮的男女在共进晚餐。

“这世上竟有这样的巧合。”河野喃喃自语道。

“您说什么？”

被司机一问，河野才意识到刚才的自言自语。

“噢，没什么。”

河野打了个哈欠，闭上眼睛。眼前立刻浮现出八张榻榻米大小的房间里，广美在换衣服，倒茶，脚伸到被炉下。“吃吧。”广美在笑。

“真够呛。”这次，河野不出声地在心里说。

都快五十岁了，竟然还不能大彻大悟，越是上了年纪还越学会嫉妒了。

男人的嫉妒，真是死到临头也难改啊。

河野望着车外灯光闪烁，微醉的脑子里回忆这二十余年的经历，总算明白了这个道理。

扼杀胎儿

一

“幸坂医生，您的病房来了个新病人。”

幸坂一到护士值班室，护士长松浦茂子就对他说。

“是几号病房？”

“312 室。病人叫佐野久美子。”

护士长从病历卡柜子里取出一份崭新的病历。今天是星期五，下午正好没有手术，护士们不太忙，一起围坐在中间的大桌子边上叠纱布。

“才二十一岁啊。”

“乍一看还是个孩子呢，真不能想象，肚子都那么大了。”护士长回答。

突然，幸坂大声叫起来：“这是怎么回事？！”

“怎么了？”

“要做引产？”

“好像是这样的。”

“是谁让这么做的？”

“是井田医生看的门诊，病历上有井田医生的签名。”

“井田医生？”

幸坂又重新看了一遍病历，在住院病历后夹着一份门诊病历。

住院，人工中止妊娠。

病历上写得明明白白，后面是主任医生井田的签字："Dr. K.IDA。"

"有什么不妥当吗？"

"不是妥当不妥当的事，妊娠八个月了。"

"是啊。"

"什么是啊！将一个已经八个月的胎儿中止妊娠，你知道会有什么结果？"

护士长不吭声，眼睛看着手中的住院预约单。

"井田医生，不会是疯了吧？"

"您怎么能这么说……"护士长责备道。

井田是比幸坂年长十多岁的前辈，在这所城东医院任妇产科主任。幸坂只是一个年轻的医生，刚从大学毕业两年。幸坂实在想不明白，像井田这样经验丰富的老医生，居然会那么轻率地决定将八个月的胎儿引产。

"会不会是搞错了？"

"可是病人自己打算要堕胎，对吧，内山？"护士长问身后叠纱布的年轻护士。

"刚才我给她去送住院手术单，她还问什么时候手术。"

"原来是这样，所以今晚要放水囊球。"

所谓水囊球，就是在软的橡皮球上连上橡皮管，在给妊娠时间较长的胎儿做人工流产时，将它放入子宫，等待子宫口张开。根据妊娠时间的不同，水囊球放入的时间也不同，如果是五个月左右的胎儿，大概需要放入两天，当子宫口张开时，就可将胎儿引产。

“八个月的胎儿基本上都已经足月了，怎么还可以打胎呢？”

幸坂上大学时，从没学过给八个月的胎儿打胎，只听说有八个月的早产，没听说过八个月做人流的。

“这也太胡闹了吧，护士长，你说是不是？”

护士长今年四十一岁。她二十岁正式当护士，一直在这家医院，五年前升任为妇产科护士长，是一个经验丰富的老护士。幸坂说话时完全是医生对护士居高临下的口气，但要论经验，年轻的幸坂比起护士长来实在是望尘莫及的。

“我也没听说过妊娠八个月做人流的，但那是井田医生的决定。”

“就算是井田医生的决定，也太出格了吧？”

也许是碍于井田主任，护士长不正面回答。

“这事要在医科大学，非得被教授画鸭蛋了。”幸坂觉得自己年轻，所以护士长没把自己当回事，于是就把大学也给搬出来。可是，护士长依然不作声。

“这太叫人吃惊了，我简直怀疑井田医生还有没有基本常识。”

“但井田医生一定有他自己的想法才这么决定的。”

“不管是什么想法，总不能给八个月的胎儿引产，这胎儿已经五官分明，现在生下来完全可以存活。”

“我不知道，这是井田医生的指示，你去问井田医生吧。”

“我当然要问，不管是谁，我不会由他胡来的。”

幸坂说完，拿起病历奔了出去。

二

这所城东医院，原来是一家慈善医院，开在低收入者比较集中的地区，后来移交给了东京都。医院一共有八十个床位，作为公立的综合医院，规模不算大。但这家医院历史久远，它建在大正时代，十五年前重建时改为钢筋结构。如今医院的内墙已经斑斑驳驳，相当陈旧，但它位于低收入者集中的地段，而且交通便利，所以经常挤满了患者。

妇产科主任井田敬一郎是六年前来到这家医院的。

之前，井田在 M 大学医院的妇产科当副教授，不知什么原因，他突然辞了职，来到这所城东医院。谁都搞不明白，眼看就能升任教授的井田，为什么突然辞去大学医院的职位，跑到这个虽说是公立，但规模不大的小医院。

当时有种传说，说是他太优秀了，所以被教授排挤，也有的说是他受够了大学里的论资排辈。但这些都仅仅是传说而已，从没得到他本人的证实。

对此，井田本人只是笑笑，说是为了换换心境。但大家一致认为对城东医院来说，井田有点大材小用了。

井田今年四十五岁，作为一个妇产科医生，他正值黄金年龄。

一些大学医院的年轻医生，慕名来找井田医生学习，他们觉得，与其在大学对着那些老资格医生点头哈腰，不如跟着井田主任，这样既能迅速学到东西，又心情舒畅。

幸坂从大学转到这家医院，也是冲着井田主任来的。他希望能跟着井田一起问诊、手术，让自己尽快成为一个可以独当一面的医生。

可是这个井田居然要让一个八个月的胎儿流产，这个决定按常规来说实在太离谱了，别说幸坂，谁听了都会吃惊的。

幸坂拿着病历，径直来到三楼的主任办公室。

“怎么啦？”看见幸坂神色严峻地闯进来，井田放下手中的书。

“这个，您知道吗？”幸坂把病历递给井田，“今天住院的佐野久美子。”

“知道。”

“您看看这处置，住院，中止妊娠。”

井田主任拿起病历：“这怎么了？”

“这人已经妊娠八个月了。”

“好了，你坐下。”

井田好像明白幸坂想说什么了。他示意幸坂在对面的椅子上坐下，接着从口袋里掏出香烟。

“这是您写的吧？”

“是我决定的。”井田拿起桌子上的打火机点上烟，吸了一口回答，“从医学常识来讲，正如你说的，将妊娠八个月的胎儿中止妊娠，的确不太多见。”

幸坂听到自己的想法得到认可，像是松了口气。

“但这只是一个原则。”井田又说。

“那您是说，这个原则不适用这个患者？”

“是的。”

“为什么？”

“你给病人诊断过了吗？”

“没有。”幸坂哑口无言。

他既然是那位患者的床位医生，那么首先应该对患者进行诊断。即使有不同意见，也应该在诊断的基础上提出来，不做诊断便跑来兴师问罪也太轻率了。

“刚才我在值班室看到病历，吃了一惊……”

“事实上，那个患者还是个未婚女孩。”

的确，那份病历上配偶那栏是空白的，妊娠史、生产史都写着“无”。

“可是，既然她怀孕了，总该有个人承担责任吧。”

“说得是，可不知道这个人现在在哪里。”

“这是什么意思？”

“你可以去问她，听说是走了，再也没回来。”

“就算是这样，给八个月的胎儿引产可是犯了大忌的。”

“大忌？”井田手里拿着烟低声重复。

“且不说三四个月的胎儿，八个月的胎儿是完全可以存活的，就这样悄悄用手术给葬送了，万一被告发了，是要受到法律处罚的啊。”

“嗯……”

“也许这些话不该是我这种无名小卒说的，但是《优生保护法》规定只有三种情况可以做人工流产：一是父母有遗传疾病；二是母亲因病无法承受妊娠；再就是经济情况极其困难，无法抚养孩子。”

“你说的完全没错。”

“那您说，她符合其中的哪一条？”

“很遗憾，她不符合其中的任何一条。”

“那您是准备无视法律喽？”

“嗯，这个嘛……”

“请你解释一下。”

幸坂第一次用这种剑拔弩张的口吻对井田主任说话。他也觉得自己有点过火了，但话已经从嘴里冲了出去，再说他想自己的确没说错。就算对方是主任医生，他也有必要伸张正义。

“要是触犯了法律，你打算怎么办？”

“那我就说胎儿不足八个月。”

“你说什么？！”

“如果把它当作是三四个月的胎儿，那就是常见的人工流产手术了。”

“你怎么可以……”幸坂愣住了，自己一向敬重的前辈居然会这么说，这对他的打击实在不小。这哪里还像医生的所作所为？

"那太卑鄙了。"

"也许吧。"

"主任！"

幸坂真的义愤填膺了，他生气的是井田竟然无视法律，要把一个八个月的胎儿引产，更让人气愤的是被指责为卑鄙时，井田还若无其事，轻描淡写地说"也许吧"。他憋足了气要和井田理论明白，可井田的态度，却让他猝不及防地扑了空。

"你疯了吗？"

"没有，我很清醒。"

"总之，我坚决反对做这个手术！"

"那还真不好办了，我原想今晚请你给她放置水囊球呢。"

"这么残酷、毫无人性的事，我不会做的。"

"那么就让野川君做吧。"

野川比幸坂高三届，在妇产科井田主任手下，只有野川和幸坂两位医生，住院病人那边也是由他俩分别担任床位医生的。除了朋友或托关系介绍来的病人，井田基本不直接担任床位医生。

"野川医生如果知道是这么个情况，他也会反对的。"

"这个我就不清楚了。"

"你如果去问大学医院的教授，他们肯定也说这个手术不能做。"

"那当然，他们只会死抠课本，根本不了解病人的实际情况。"

"不，这和病人的实际情况根本无关，杀戮一个八个月的健康胎儿是不人道的，一个人道主义的医生是不应该这样做的。"

"人道主义？"井田用手抵着下颚，兴味索然地喃喃道。

"我没想到你是这么不负责任、草菅人命的医生！"

"你可以随便怎么看我，我想知道的是，这个放置水囊球的活，你是肯定不干喽？"

“很抱歉……”

“好吧。”

“如果你对我不满意可以开除我。”

“不，我不会开除你。”

“为什么？”

“要是每次被人反对，我都开除他，那么有再多的医生也不够用了。”井田站起身来说，“你的意思我知道了，我想，你还是去见见病人，和她好好聊一聊。”

“即使聊了，事情还是这样，我也不会赞成这个手术的。”

幸坂说着，施了礼，快步走出井田的房间。

三

虽然在主任面前说得酣畅淋漓，幸坂对312病房的患者还是放心不下。

反对归反对，为什么八个月还要中止妊娠？这个患者究竟遇到了什么事？幸坂觉得自己有必要直接了解一下。

出了主任办公室，幸坂径直来到312病房。

这病房是六个人的大房间，新来的病人躺在右边最靠窗的床上。

“你是佐野久美子？”幸坂问。病人在床上点头，随即整了整衣领坐了起来。

她个子不高，脸瘦瘦的，到底是有八个月的身孕了，看得出她的身子已经很沉重了。

不了解情况的，一定以为她是住院生孩子的，谁都不可能料到她是来引产的。

“因为要做一份住院病历，所以有些情况我想问你。”

佐野久美子老实地点点头。

“请你到护士值班室旁边的门诊室来吧。”

幸坂考虑到大病房里还有其他病人，既然她怀孕八个月了还要做引产，一定有什么难言的苦衷，如果有旁人在场，病人可能就不愿如实相告，在门诊室的话，没有旁人在场，她应该会放心地说出真相。

十分钟后，佐野久美子出现在护士值班室边上的门诊室里。她在碎花和服外面套了一件红条睡袍。

佐野久美子躺在床上时显得身体娇小，这会儿站起身来，个子看起来高高的呢，这就是说，她的腿应该很长，如果没怀孕的话，身材一定不错。

门诊室的右边挂着布帘子，帘子后面是检查床，床前放着简单的桌椅。

看见佐野久美子怯怯地进来，幸坂示意她在桌子前的椅子上坐下。佐野久美子环顾一下四周，拖着身怀六甲的身子坐下来。

幸坂第一次从正面仔细打量佐野久美子，她高鼻子，双眼皮，头发从正中朝两侧分开，短发齐肩，发梢稍稍打着卷。

只看她的脸，简直还是个少女模样，但她面容倦怠的神情，呼吸时肩膀微微地一上一下的样子，都证明她是个百分百的孕妇。

看着眼前这位无助、令人怜惜的女孩，幸坂觉得让她把八个月的胎儿引产，实在是犯罪。对井田的决定，他不由得又气愤起来。

“作为医生，我可能要问一些涉及你个人隐私的问题，请你如实回答。”

“是。”佐野久美子的声音轻得几乎听不见。

和这么年轻的患者单独谈话，幸坂是有点顾虑的。他是医生，和患者没有任何感情纠纷，但病人有时会觉得医生太年轻，不愿开诚布公地说出自己的真实想法。

从这点来说，作为妇产科医生，年龄大一点就比较有利，可这会儿，幸坂顾不得许多。

幸坂点上烟，开始他的问题："你要做的是中止八个月妊娠的手术，这是你自愿的吗？"

佐野久美子双手放在膝盖上，点点头。

"你不想把孩子生下来？"

"……"

"再过一个多月，一个健康的婴儿就呱呱落地了啊。"

佐野久美子不回答，她低着头，白皙的脖子隐约可见。

幸坂觉得再追问下去有点残酷，于是改变话题。

"你老家在沼津，你离开家乡来到东京，在K商社工作？"

"是的。"

"请原谅，能告诉我他是干什么的吗？"

"在一个乐队。"

"那么是在什么俱乐部吧？"

"是的。"

"你和他好上后怀了孩子，那么现在他人呢？"

"他不在这里。"

"去哪里了？"

"最初是去了新潟。"

"跑得够远的。"

"搞音乐的经常四处漂泊。"

"他知道你怀孕了吗？"

她微微点头。

"知道了，也不回来？"

"八月份回来过一次，但又走了……"

“你和他同居过？”

“四月份前我们在一起，后来他就不回来了……”

“他没说这孩子怎么办吗？”

“……”

“他什么也不说？”

“他说，随你便……”

“他有钱寄来吗？”

“没有。”

“既不寄钱回来，想走就走，孩子的事也不闻不问，天下怎么有这种不负责任的男人！”容易冲动的幸坂，生起气来，“你不知道他原来是这么个不负责任的人？”

“……”

“开始可能不了解，认识一段时间后，你应该有所察觉呀。”

“是。”

“既然知道他不负责任，为什么不马上做人流手术呢？你应该知道，三四个月的话手术会简单很多。”

佐野久美子低着头，过了半晌才说：“他有一次说，那就生下这孩子吧。”

“什么时候？”

“六月份……”

六月份，应该正是怀孕三个月左右的时候，如果做流产，那是最合适的时候。

“那以后，他又说随你便，而且再也没回来？”

“不过他有时候也回来。”

“回来时，他又说让你生下孩子？”

“他没有这么明确说……”

“于是你拿不定主意，犹豫了？”

从她的话可以推测，自初夏开始，整个夏天她内心一直犹豫挣扎，考虑生还是不生。

“就算是这样，可八月份后他就再也没回来，那时，你为什么不果断一点呢？”

尽管是事后诸葛亮，可幸坂实在惋惜，那时候她如果来医院，情况会完全不同的。

“那以后，他有时打电话回来。”

“他怎么说的呢？”

“具体没说什么。”

“既不说让你生下来，也不说让你去做人流？”

“是的……”

“那时候，他人在哪里呢？”

“他不肯告诉我。”

“那你怎么就不想想，这种男人，你等他也是毫无结果的吗？”

幸坂又对佐野久美子生起气来。那男人当然是不负责任，可女孩子在那时稍微果断一点的话，也不至于到今天这个地步，她对那男人抱有太多幻想了。

“你呀，太糊涂了。”

佐野久美子被幸坂说得又低下头。

“那么，你这次是真的看穿他啦？”

“前些天，我知道了他在哪里，去找过他了。”

“他在什么地方？”

“大森。”

“不在东京啊，那结果怎样？”

佐野久美子半天不回答，双手握紧了又松开，松开了又握紧，半晌，她叹了口气抬起头：“他和别的女人在一起……”

“和别的女人同居了？”

佐野久美子点点头，双手捂住眼睛。

“这个混账家伙。”幸坂把香烟用力地摁灭了。如果那男人在这里的话，他非把他揍趴下不可，这个玩弄女性的混蛋。

“你一心一意地等着他，他怎么能丢下你又去拈花惹草呢？”

就在幸坂愤愤的同时，佐野久美子的眼泪夺眶而出。幸坂不知怎么去安慰她，眼睛只好又转向手中的病历。

“这么说，他是不可能再回来了，是吗？”

佐野久美子从睡袍口袋取出手帕擦干眼泪。那手帕是天蓝色的，四周缀满了精致的绣花。

“你现在还爱着他吗？”

“……”

“如果他现在回到你身边，你不会还想和他在一起吧？”

“他不可能回来了。”

“我想知道的是，你现在还爱不爱他。”

佐野久美子抽泣着，不知怎么回答。

对这么一个伤害了自己的负心人，她好像还是难以割舍，这也许不仅仅是出于她对那男人的眷恋，还因为自己肚子里的孩子和那男人是无法分割的吧。

“你挺着这么个大肚子，家乡的父母亲知道吗？”

“他们不知道。”

“这还真不好办了。”

幸坂真的为难了，再这么问下去，他不由得要站到井田主任一边去了。

“你听着，把一个八个月的胎儿流产不是一件容易的事，这不叫流产，应该是早产了，它和普通的生产没有什么区别。”

“……”

“你肚子里的胎儿，不要说四肢，五官都已发育齐全，生下来完全可以存活长大。”

佐野久美子的肩又在瑟瑟发抖，再说下去她一定受不了，但幸坂顾不得这些，尽管有些残酷，但必须对她讲清楚。

“八个月打胎不是那么轻描淡写的事，这是杀人。”

“……”

“这么做的话，你和我都是凶手。”

佐野久美子终于忍不住放声大哭起来。

“这对孩子来说太残酷了，而且你的身体也会受到创伤，弄不好你就永远不能再生育了。”

“这是真的？”佐野久美子一边抽泣一边问。

“当然,那是最坏的情况。”幸坂慌忙纠正道。这种可能是有的，但医生的义务就是要避免这种危险的发生。

“孩子在肚子里已经动得很有劲了吧？”

“是的。”

胎动一般从五个半月左右开始，她感受到这个生命实实在在地在自己的肚子里，应该有两个多月了。

“这孩子可是活生生地在你肚子里，你真的想清楚了？”

“……”

“你真的不想把孩子生下来？”

佐野久美子不回答，用手捂住眼睛陷入深思。

“确实，你还太年轻，才二十一岁，你的人生才刚刚开始，可是……”幸坂一时语塞，找不到恰当的话来。

“总之，把八个月的婴儿打掉这肯定是胡闹，没有一个医生会答应这么做的，这是地地道道的犯罪，一旦被告发，我们是要受到刑事处罚的。”

“对不起。”佐野久美子深深地低下头，那一头柔顺的秀发遮住了她那泪流满面的脸。

“他肯定不会回来了吧？”

不知什么时候起，幸坂对那男人冒出了一丝期望。如果那男人还会回到她身边的话，那么她当然应该生下这个孩子。

“就你一个人，要把孩子拉扯大的确很难啊。”

这时，佐野久美子突然抬起头来：“如果你们确实不能替我堕胎，那我就生下这孩子，我自己来养他。”

“你这话当真吗？”

满脸泪痕的佐野久美子咬紧嘴唇。这下,倒是幸坂不知所措了。

她真的能把一个孩子抚养成人吗？打量着眼前的这个女孩，幸坂自己都不放心起来。

“就凭你一个人，你有信心把孩子带大？”

“我没有其他选择。”

“我也没说绝对不行。”

“医生……”佐野久美子施了个礼站起来，“请让我一个人待一会儿。”

“好吧，你再仔细想一想。”幸坂对佐野久美子说。其实，他自己也想一个人冷静地思考一下。

四

第二天是星期六。

早晨，幸坂觉得有点轻微的头痛，就向医院请了假。感冒倒是不太厉害，但昨天和井田主任的那番争执让他心里很郁闷，他实在提不起精神去医院。

星期六，原本就上半天班。今天休息的话，紧接着是星期天，这样就可以两天不跟主任照面。事隔两天的话，那么发生争执后的尴尬多少可以缓解一些。

但是，好端端的，让他一整天待在屋子里也怪难受的。傍晚，看着天黑了，幸坂打电话给高中的朋友今村，约他一起喝酒，今村在商社工作。

他俩在新宿一连喝了三家，话题自然转到佐野久美子身上。

“你说，怎么可以这么做？”幸坂把自己和主任发生争执的事告诉了今村。

“那太过分了，你们医院如果这么草菅人命的话，我女朋友下次可不敢上那儿了。”

“不过，这次的情况是有点特殊。”

“大概比起正常的分娩，像她这样的人工流产更能挣钱吧？”

“那倒不是，像我们这样的公立医院，挣钱、赔钱和我们医生没有直接关系，主任这么做绝对不是为了钱，这一点是肯定的。”

“你认为这种做法是错误的话，当然应该抵制。”

“是啊。”

“你说的那个主任，太让人失望了。不过，幸好还有你这样一个伸张正义的人，真令人欣慰。一定不要向那个老朽的医生妥协，走你自己的路。”

幸坂倒没认为井田主任已经老朽，但被今村这么一鼓励，幸坂的心情好多了。他觉得自己得到了肯定，自己的想法没有错。

幸坂于是充满信心，情绪高亢，和今村又上别处喝了一气，回到自己的公寓时已经凌晨一点多了。

这么折腾了一晚，第二天幸坂的脑子还是晕晕乎乎的。

第二天，幸坂将近中午才起来，正在看报，津田绘梨子打来电话。

绘梨子是幸坂的恋人，K 大学英语系毕业，现在在一家教育出版社工作。他俩准备明年春天结婚，而绘梨子希望婚后能继续工作。

绘梨子请他去在涩谷的父母家吃晚饭，可幸坂昨晚喝得烂醉，所以懒得动。

“那我做了便当给你送去吧。”

幸坂觉得在绘梨子家和她父母一起吃饭，还不如两个人待在自己的公寓自在，绘梨子大概也是这么想的。

挂了电话，看了一会儿电视，已是傍晚时分。十二月份过了四点，天已经黑了下来。

望着窗外的暮色，幸坂又想起佐野久美子。

自己拒绝给她做引产的措施后，不知道野川是不是接受了。星期五那天，他没再和主任说什么，也没有去护士值班室，到了五点就下班走人。野川那天下午去私人诊所出差半天，没在医院，所以幸坂也没能直接问野川本人。

指示上写着放入水囊球的催产措施，从星期五傍晚开始，如果要按计划做的话，那天只好由井田主任亲自动手。

根据妊娠月份不同，水囊球的剂量也不一样，八个月的话大概要放两百毫升吧。

具体的操作方法是：先将水囊球消毒，像卷烟似的卷紧，再用钳子夹住，从子宫口放进去，这时一定要注意不能捅破胎胞，一直把它推入子宫深处，然后把无菌水通过连接着的橡胶管灌进去；无菌水正好灌足水囊球的容量，再封住管子一头，不让无菌水发生逆流。

这样，由于水囊球的压力，附着在子宫上的胎盘就会剥落，从而促成流产。如果想让流产加快，有时还会在体外绑上重物，并让它连接着手术台边的滑轮，持续牵引水囊球。

幸坂想象着那个子宫深处已被放入水囊球的佐野久美子的样子。

原本被胎儿撑大的子宫，又被放了那么大的水囊球，她的子宫现在一定变得异常大了。

一旦放入水囊球，她就不能动了，她必须忍受三天或者四天，一直等到子宫口开大，产期来临。这段时间对一位女性来说，是如此漫长难挨。紧接着她还要承受更加煎熬的阵痛。

患者忍辱负重，最后却一无所获，失去的是一个活生生的生命。

佐野久美子那苍白虚弱的身体能熬过三天或者四天的时间吗？幸坂在黑暗中想着这些，这时，绘梨子来了："怎么了，灯也不开？"

绘梨子穿着红色立领的短外套和喇叭裤，显得年轻飒爽。绘梨子今年二十三岁，打扮得精干利索，像个男孩，怎么看也就二十左右吧。

"肚子饿了吧？"绘梨子打开灯，从厨房拿来杯碟，解开便当盒。

这是一个双层便当盒，上面一层放菜，底下一层放饭。炸鸡块、烤三文鱼排、奶酪火腿卷等，菜都用锡纸分隔开，装得整整齐齐。

"吃吧。"

幸坂拿起筷子，却没什么食欲。

绘梨子烧了水，冲好茶端过来："怎么啦，无精打采的，出什么事了？"

"嗯。"幸坂也想听听绘梨子的看法，"我和主任吵了一架。"

"为什么？"

幸坂是她的未婚夫，幸坂的事就是她的事，绘梨子睁大她那双原本就很大的眼睛。幸坂简单地说了星期五以来发生的事情。

"今村赞成我的意见，你认为呢？"

"我当然也觉得你没做错。"

幸坂料到绘梨子肯定会这么说，但听到她亲口说出来，幸坂还是很高兴。

"把那么大的一个孩子打掉，那是犯罪。要是我，一定生下这孩子。”

“即便你男朋友跑了，抛弃你不管了，你也会把孩子生下来？”

“你说什么不吉利的话？”

“我这只是假设嘛。”幸坂慌忙补充道。

“就算你不在，我也会生下孩子，因为那是我的孩子。”

“说得是没错。可将来，一个女人，只身带着一个孩子，这一辈子可是很不容易的。”

“可事到如今，她也有责任啊。是她自己喜欢上了他，才以身相许，怀上了孩子，现在孩子在她肚子里长大了，这只能由她自己负责。”

“可是，佐野久美子的那个男人也太坏了。”

“男人坏不坏，脑子清醒的女孩应该一眼就识破的。”

“可是谁让她爱上他呢？就算知道他一百个不是，结果还是恋恋不舍，不能下决心离开他。”

“照你这么说，她应该引产，不要这个孩子喽？”

“我不是这个意思。”幸坂是想站在井田的立场上和绘梨子讨论一下。

“反正，女方也有责任的。”

“但从她的角度说，许多事情她也是不得已。”

“她可能的确有许多难言之隐，可是拖到八个月也太糊涂了吧，她早该做决断的。”

“是啊，的确够糊涂的。”

“她脑子是不是有点问题呀？”

“那倒不可能。”幸坂的眼前浮现出佐野久美子那无助的脸。

“反正，八个月的胎儿要被打掉，这和杀人没什么区别，那孩子太可怜了，这一切，可不是孩子的错。”

“是啊。”

“八个月的话，四肢都健全了吧。”

“是男是女都清清楚楚了呢。”

“太可怜了。”绘梨子夸张地皱起眉头。

“可是，要生下这么个没有父亲的孩子，的确不是件容易的事啊。”

“这算什么理论？”绘梨子语气激烈地说，“这孩子生下来就没有父亲，太可怜了，这种想法太陈腐了，没有父亲的孩子是可怜的，这完全是男人的自以为是。”

“真是这样？”

“是八个月就被扼杀而不能来到这个世上，还是做一个没有父亲的孩子，你说哪个更幸福？”

“你这么说的话，这事就没法讨论下去了。”

“社会上有不少单亲的未婚妈妈。”

“可那样的母亲是很辛苦的啊。”

“这些都是男人的想法。生下一个没有父亲的孩子，女人不见得就不幸福。有了孩子，女人的生活就有了奔头，有了奋斗的勇气，当个未婚妈妈比做一个嫁不出去的老姑娘不知幸福多少呢。”

“嗯，话是没错……”

“反正，准备不要这孩子，就是胆小鬼的行为。”

确实，生下的孩子要是没有父亲，那母亲就太可怜了，这种想法可能有点主观，但总不能说，孩子没有父亲女人反倒幸福吧。有孩子生活就有希望，这也仅仅是女人打肿脸充胖子的想法。幸坂在心里这么思忖。可是，绘梨子说的那些理论对他还是很有吸引力。

“当医生的，觉得什么事都可以用手术刀来解决，我就受不了这种做法。”

“我可不是那样的医生。”

“反正，你应该坚决反对这种做法。”

“可是，不知还有没有挽回的余地。”

“为什么这么说？”

“可能已经做好引产的准备了。”

“你不是床位医生吗？你不在怎么做准备？”

“嗯……”幸坂支吾着，眼前又浮现出佐野久美子被放入水囊球后的痛苦表情。

五

星期一，幸坂终于拿定主意。

不管什么理由，八个月的胎儿是不应该做流产处理的。这正如法律上定义的，和人道主义是背道而驰的，完全是草菅人命，是医生的耻辱。

如果到了医院，发现佐野久美子已经被实施了流产的处理，他一定要阻止。如果主任一意孤行的话，他将毫不犹豫地辞职，离开这所医院，他没必要留在这么一所医院里。被今村和绘梨子鼓足了气的幸坂，犹如一出悲剧戏中的主人公一般，抱着英勇就义的气概去医院上班了。

星期一的工作日程，要求每个医生先去查房，床位医生先探视一下自己的病人，然后再去门诊部；下午安排手术，如果没有手术，就会安排患者做检查。

上午九点，幸坂一到医院，就去病房转了一圈。312 室归他管，他是必须要去的。

在去病房的路上，他问紧跟在他身后的分管 312 病房的护士小畑：“佐野久美子情况怎么样？”

“佐野，就是靠窗的那个吧？”

“就是星期五住院、妊娠八个月的那个。”

“要做流产，已经放入水囊球了。”

“什么时候放入的？”

“星期五晚上，井田医生亲自做的。”

“还是做了。”

幸坂快步来到312室，推门进去。佐野久美子在右侧靠窗的床上躺着。

三天下来，她那原本就消瘦的脸，埋在宽厚的枕头里，显得更加尖瘦，一副憔悴的模样。

“怎么样？”幸坂凑近她问道。

“唉……”佐野久美子的声音有点沙哑。住院时还是一双双眼皮的大眼睛，现在变成了不规则的三眼皮了。

“难受吗？”

“嗯。”

不管问什么，佐野久美子的回答都是一个字。大概是因为逼近产期，她浑身乏力。

幸坂从护士手里接过佐野久美子的病历打开。

在星期天的记录上，写着子宫口开大，三厘米。那是井田的笔迹。看来，井田星期天还到医院来看过她。

“还是决定做引产？”幸坂把声音压得很低，只有佐野久美子可以听见。

“是。”佐野久美子的嘴巴动了动，声音轻得几乎听不见。

“你肯定不会后悔？”

“……”

“真的想清楚了？”

佐野久美子眼睛直直地盯着天花板，泪水慢慢流了下来。

“如果你现在改变主意，孩子可能还有救。”

听幸坂这么说，佐野久美子把脸扭向一边，肩膀颤抖起来。

幸坂知道再说下去，她就忍不住要哭出来了。佐野久美子尽管不说什么，但从她的表情看，她的内心依然在挣扎。幸坂注意到周围的病人在朝这里张望，便从她的床边走开了。

查完312室，幸坂又到313室、315室看了看他负责的病人，然后回到护士值班室。他把护士长叫来，让她坐到一边的沙发上。

“佐野久美子的水囊球，是井田医生做的？”

“是的。”护士长板着脸回答。星期五的火药味还没散尽呢。

“你能不能先把水囊球拿掉？”

“你想干什么？”

“这个你不必问，按我的指示做就行。”

“我是按井田医生的指示做的。”

“你能听井田医生的指示，难道就不能听我的？”

“你们两位医生的意见不统一，我没法执行。”

“你按我说的做就行。”

“是井田医生说了要拿掉吗？”

“没有，但我认为应该停止这个措施。”

“我拒绝这么做。”

“什么？！”幸坂只觉得一股热血往脸上涌，脸颊不规则地抽搐着，“你是想做杀人犯的帮凶吗？”

“……”

“这种手术无论从医学角度还是法律角度都是不允许的，你难道不知道吗？”

“这你得去问井田医生。”

“那个患者其实是想把孩子生下来的，她星期五是这么说的，而且现在还在哭呢。”

“她当然希望能生下这个孩子。”

“那你还反对什么？”

“可她最后还是放弃了。”

“我听不懂你说什么。”

“你才根本不懂她的心情，所以还是别再自作主张的好。”

护士们在一旁有点担心地看着他俩剑拔弩张的样子。幸坂觉得有点尴尬，但又骑虎难下。

“我能理解她的心情，她其实是想要这个孩子的。”

“就算想要，但这个孩子没有父亲，将来她怎么把孩子抚养成人？”

“因为孩子没有父亲就认为这个女人不幸，这种想法也太陈腐了。”幸坂搬出绘梨子的话来，“只要生下来，做母亲的会从孩子身上找到自己的幸福。”

“真是这样吗？”

“你这种老姑娘当然不明白。”

“医生……”护士长目光犀利地死死盯着幸坂。她那严厉端正的、从未得到男人呵护的脸冷冰冰的，一双眼睛发出异样的光芒。

“医生，你太过分了，说出这么伤害护士长的话。”护士主任看不下去了。

“这事跟你无关！”幸坂狠狠地把护士主任顶了回去。

护士长低着头默不作声，一动不动地站在那里。

“我没有说错，不管从医学的角度，还是人道主义的立场，都不允许这么做，哪个医科大学也没有这么教过。你们为什么就不能伸张正义，听听我说的呢？这么下去，一个生命将被扼杀，这个幼小的生命原本可以来到这个世上的，你们为什么就不能伸出手来挽救这个生命呢？”

护士们围着幸坂和护士长，一片静默。

“我说错了吗，护士长？”

护士长慢慢抬起头，直视着幸坂：“我听井田医生的。”

“你确定要做杀人犯的帮凶？”

“失陪了。”

护士长说完，冲出人群，走了。

六

下午有一例手术，病人四十五岁，子宫癌。井田主刀，野川、幸坂做助手。

幸坂实在不想和井田一起手术，但子宫癌手术需要人手，他只好去了。

手术两点开始，将近到四点才结束。手术中，幸坂除了止血钳、止血夹这些工作上的简单用语之外，便一言不发。

手术结束，幸坂去洗了澡，回到科室，野川已经在那儿。

“主任让你去一下。”

“什么事？”

“一定是 312 室病人的事吧，你也别太倔了。”野川已经知道了前几天发生的事。幸坂照了照镜子，镇静一下出去了。

从科室到主任办公室也就五十米的距离，幸坂慢慢理了理思绪，来到主任办公室。他敲了敲门，里面传来井田的声音：“请进。”

幸坂深吸一口气，推门进去。

井田正在桌子上写刚才的手术记录，见幸坂进来便站起身来，在靠近门口的会客沙发上坐下。

“找我什么事？”

“好了，坐下吧。”

幸坂看了看井田，在他对面的椅子上坐下来。

“好像火气还没消啊。”

“是……”

幸坂低下头，心想，何止是火气，他根本看不起井田，井田竟然做出这种事来。

“你的心情我理解，不过，在这里我是主任，所以一切必须按我的方针办，当然，出了问题由我负责。”

井田的语气很平静，但话的分量是很重的，就差没有直截了当地说“你别在这儿胡来”。

“我想你也不可能出去说，但我也不想被人知道我们给妊娠八个月的人做了引产手术。”

“你既然怕被人知道，为什么还要这么做呢？”幸坂瞪着井田。

“如果我们总是瞻前顾后地担心，我们所做的事是否符合法律规定，那我们可以做的事就非常有限了。有关人工中止妊娠的法律界定本身就值得推敲，母亲体弱无法承受妊娠、父母双方有遗传疾病、没有抚养孩子的经济能力，表面上只有这三个理由可以中止妊娠，但在实际操作上，这个定义已经被人们扩大了，这就是说，《优生保护法》本身不切合实际，是个漏洞百出的法律。”

“但是，通常医生给四个月以下的胎儿进行人流，而八个月的胎儿被引产中止妊娠也太过分、太残酷了吧？”

“是很残酷，但也有不得已而为之的时候。”

“但她真的不想要这个孩子吗？”

“她不想要，她对我说了，让我帮她拿掉这个孩子。”

“可她却明明白白地对我说，她想生下这个孩子。”

“她可能有这个愿望，但又举棋不定。”

“所以你不能完全无视她要这个孩子的心愿吧？”

“她想要这个孩子是有前提的，那就是如果她和他能结婚的话。”

“我不这么认为，她之所以拖到八个月，就是因为想要这孩子……”

“她是犹豫不决。”

“但她如果根本不打算要这孩子，肯定早就采取措施了。”

“一个有血有肉的女人的行为，不是用简单的道理可以解释清楚的，就在她拿不定主意的时候，转眼已经八个月了。”

“那她不就是个呆子了？”

“这是你一个大男人的逻辑。”

“这话不是我说的，这是我认识的一个女孩说的，她说这个女人被男人抛弃后，还能熬八个月，就是因为她想生下这孩子。”

“那女孩子是因为自己没有经历过这样的遭遇，也没遭到男人的抛弃，才说这种轻描淡写的话。”

“反正，八个月的胎儿要被引产，这是犯罪。”

井田沉默片刻，说道：“这世上，需要有这样一个冒天下之大不韪的医生吧。”说完,井田从身后的桌子抽屉里取出一封信来:“你看看这个吧。”

信封上写着：“M大学医院妇产科，井田敬一郎先生”。信的背面署名是河濑智惠子。

幸坂从已经开了封的信封中抽出信笺，信笺被折成三折，一共三页，但只有其中一页写满了字。

医生，我这就要去天国了，先生替我接生的太郎将伴我同行。我实在没有能力将他抚养成人，自从有了这孩子，我失去了青春，失去了年轻女孩本该有的笑声，我变得一无所有。我真的累了，我甚至有点恨你，井田医生，当初你为什么不帮我拿掉他？当然，一切都是我咎由自取，再说，不能因为我，让医生您成为一个罪人。我和太郎走了，在天国，我俩会相依为命。再见了。

看得出，信上的字出自一个女人之手。字写得不是很漂亮，一行行歪歪斜斜地排列着，字体大小不齐，字里行间让人看出她内心挣扎很久，才做出了死的抉择。

幸坂将信反复读了两遍。

井田说道："这个人也是二十岁，当时怀孕八个月。"

"主任，你没为她做人流？"

"这事发生在七年前，当时我还在大学医院，一直是循规蹈矩、按原则办事的人。那位患者几次哭着求我给她打胎，我拒绝了。后来肚里的胎儿越来越虚弱，她又来过几次医院。"

幸坂又看手中的那封信，那陈旧发黄的信笺上，歪歪斜斜的字一个个如泣如诉似的晃动起来。

"那时候，要是我替她手术的话，最后也不至于是这种结果。"

"她什么时候死的？"

"生下孩子一年后，她带着孩子一起煤气中毒自杀了。"

幸坂的眼前出现了一个他闻所未闻的世界。就像是看戏，他从来只在观众席上看正面的舞台；现在，幕的一角被掀了起来，他窥见一个从没见识过的世界。幸坂突然发现，自己以前看似正确的想法，其实却是那么单纯和教条。

"那男人丢下她走了，她为了抚养孩子当了陪酒女。"

幸坂不由得想到已做好引产准备的佐野久美子。

"如果不生下孩子，她也许能忘了那个男人，忘记那一段噩梦般的生活，重新振作起来。"

"你是说那孩子成了绊脚石？"

"遗憾的是，孩子有时真是绊脚石。"

"她是不是性格特别软弱？"井田说的可能是事实，但幸坂还是对那个自杀的女孩很生气，“那些生下没有父亲的孩子的女人，不见得都是不幸的，也不会都去寻死吧？”

“说得是不错。”

“事实上有了孩子，有些做母亲的反倒坚强起来，有了活下去的勇气。”幸坂借用绘梨子的理论，“难道不是这样吗？”

“那你是说，就像护士长那样？”

“你说什么？”

“你不知道护士长的经历吗？”

“护士长怎么了？”幸坂只知道护士长从年轻时一直独身，其他就不甚了解了。

“护士长也有过同样的经历。很长一段时间她犹豫不决，结果就过了五个月，不得已她只好把孩子生了下来，那是个女孩子，现在该上大学了吧。”

“这是真的？”幸坂第一次听说这事。

“我也是在无意中，把那自杀女孩的事告诉了她，她才对我说出了她的经历，她和大家好像还从未谈起过，但因为这个孩子，她再也没结婚。”

“护士长怎么会拖到五个月……”

“一定是踌躇再三吧。”

护士长医学知识丰富，工作麻利，真难想象这么能干的护士长竟然还有这样的过去。

“那时候，谁都不敢为妊娠五个月的孕妇做妊娠中止手术，没办法，她才生下那个孩子的吧。”

“她没想过再结婚？”

“好像有过心仪的人，但因为有孩子，她最终没能下决心。”

“这么说，她也后悔当初生了这个孩子？”

“她倒没说后悔，但她说了，如果没有这个孩子，她的生活一定更快乐丰富，也一定会活得更有声有色。”

“这么说，护士长就是一个人把孩子拉扯大的？”

“她是个护士，所以有经济能力维持生活，但从二十一岁起，年纪轻轻的她就一个人带孩子，过着寂寞孤单的日子。”

幸坂真想现在立即跑去给护士长道歉，他对护士长太不了解了，竟然出言不逊地说她是“老姑娘”。想起自己的鲁莽，幸坂实在无地自容。

怪不得他说给八个月胎儿打胎太残酷了，护士长不是固执地不站在他这一边，原来她有难言之隐，更有她对自己人生的惋惜。

“仔细想想，护士长也挺可怜的。”

井田把那封遗书放回信封里。

“你说得是没错，扼杀一个八个月的胎儿是残酷，但是女人因为一个孩子而牺牲自己一辈子难道就不可怜吗？”

幸坂现在真的搞不清到底哪个是正确的了。你原来认为是不正确的事，在某种场合却是正确的，而你觉得是正确的事，有时候得到的结果却恰恰相反。

“在众多的医生中，需要有一个冷血的、不守规矩的医生吧。”井田苦笑起来，手中的烟灰掉在地上。

外面传来一阵脚步声，紧接着响起敲门声。

“请进。”

井田话音刚落，门被打开，是护士长。

“怎么了？”

“佐野久美子开始阵痛了。”

“子宫口开多少了？”

“五厘米。”

“是吗？那就快了。”

井田熄掉香烟，看了一眼手表。

“先用0.2ml奎宁。”

“是。”

“然后把患者推到分娩室……马上就去。”

“那就请医生开始吧。”

护士长对幸坂看都不看一眼，施过礼，出去了。

幸坂的手表正显示着六点，窗外已经天黑，对面楼里病房的灯已经亮了。

“那么，又要干一件违法乱纪的事了。”

井田拍了一下腿站起来，幸坂也跟着站了起来。

“你，和我一起去吗？”

“……”

“听着，八个月的胎儿已经很大了，有眼睛，有鼻子，还有眉毛，手脚也有模有样了，是男孩子的话当然还有小鸡鸡，但不管病人怎么问你，你只能告诉她是个红色的血块。”

“是。”

“你就当它是个死胎，把它取出来，明白了？”

“是。”

“那么，走吧。”

井田朝幸坂一点头，关上门，在夜色中他俩并肩穿过走廊，快步朝病房走去。

樱花色的樱子

一

“这绝对不可能！”

宫下俊夫瞪着来调查事件的警官，脸上的表情有点恼火。

“她昨晚和我分手时，千真万确对我说过‘明天七点半来接我’。所以，尽管今天早晨我睡过头时间很紧了，但还是绕道到她公寓来了。”

“这么说，你是在完全不知情的情况下，到她公寓的。”

“那还用说吗？要是知道出了这样的事，就算我是个慢性子，也早就急着赶来了。”

“她一点都没有想自杀的迹象？”

“没有，一点没有。”俊夫使劲摇着头，脸色苍白，情绪激动。

事件发生在今天早晨八点之前。

八点十五分前，俊夫来到位于阿佐谷的吉川樱子的公寓。他按了半天门铃也不见吉川樱子来应门，于是就用自己的钥匙开了门，房间里一股呛人的煤气味，樱子仰天躺在地上，已经死了。

俊夫吓坏了，立即通知公寓的管理人，管理人报了警，警察马上赶到了。

他是现场目击者，被留下配合刑事现场取证，然后坐上警车来到杉并警署，在那里录下证词。

他打电话跟公司联系，说上午去不了了。但看这架势，下午也不一定完得了。

负责调查事件的是两个警官，一个胖胖的，上了一点岁数；另一个年轻的瘦瘦的，二十四五岁。基本是由年长的警官提问，年轻的在一旁做记录。

“可是一个死者，她的脸竟然那么美啊。”年长的警官一边回想着在嘴里嘀咕，一边从口袋里掏出淡味七星香烟。

“来一支？”他递给俊夫。

“不，我自己有。”俊夫说着从西服口袋里拿出一盒德国野樱桃牌香烟。

至今为止，俊夫只有一次受到警官审讯。那次是因为超速，他被测速仪逮住了。警官容不得他申辩半个字，就让他在超速二十公里的调查记录上签字。

从那以后，俊夫看见警官就来气，不过眼下他可不敢造次，这事实在非同小可，弄不好，是要影响自己前途的。

“她昨晚肯定说了让你明天去接她？”年长的警官吸了一口烟，问道。

“是的。”

“既然这么说了，她怎么可能自杀？”

“这个我也想不明白。”俊夫拿着香烟的手指不听话地微微颤抖。

“你和吉川樱子是恋人关系？”

“嗯，可以这么说吧……”俊夫刚点上烟，这会儿却一个劲地忙着弹烟灰。

“你们俩相差几岁？”

“两岁。”

樱子今年二十六岁，俊夫比她大两岁，二十八岁。

“你们都在东洋商社工作？”

“是。”

东洋商社是一家实力雄厚的商社，位于有乐町。俊夫在纤维一科，樱子在总务科。

“你住的地方离她的公寓很近吗？”

“我住阿佐谷一丁目，她的公寓在二丁目。如果一起去阿佐谷车站，先到她公寓的话就要绕点道，不过赶一赶的话，十分钟就可以到了。”

“那么昨天晚上，你和被害者在一起？”

“被害者？”

“噢，是吉川樱子。”那位年长警官苦笑着纠正道。

“我们下班后见的面。”

“见面后去哪里了？”

“这有必要告诉你吗？”

“你坚持不愿说也可以，但我有义务问一下。”警官不紧不慢，话说得很有礼貌。

“我们在有乐町吃了饭，又在新宿转了转，就回家了。”俊夫表情冷淡地说。

“回家时，你没有进她的公寓？”

“她说进来坐一会儿吧，我就……”

“也就在那时，她让你明天早晨去接她。”

“就在我要回家的时候，她这么对我说。”

“你以前早晨也去接过她吗？”

“刚开始的时候……”

“刚开始是什么时候？”

“我们刚认识的时候，两年前了。”俊夫看着手中的香烟。

“也就是说，你最近没去接过她。”

“我们虽然住得很近，但却不顺路，我去接她的话，要多花费五到六分钟时间，早晨的五六分钟可是非常宝贵的。再说也不用像小学生那样，一定要约好了一起走。想见她的话，晚点在公司也能见得到她的。”

“那么，昨晚是她难得开口让你去接她吗？”

“是的。”俊夫猛抽几口烟。

“那你，有没有觉得她和往常不一样？”

“她喝醉时，经常会让我第二天早晨去接她。”

“那么，昨天她喝醉了？”

“昨天我们在新宿并没喝很多。”

“然后你答应第二天去接她？”

“按以往我是不会去的，可昨天她纠缠不休。”

“纠缠不休？”

“她反反复复说了几遍，让我明天一定要去接她。”

“最后被她缠得没办法，你决定去接她了？”

“她甚至说，如果我不去接她，她就去死。”

“这话有点蹊跷吧？”警官慢慢抚弄着下巴上稀疏的胡子，“她说你不来她就去死，可她还不清楚你来不来就已经死了呀。鉴定的结果还没最终出来，但可以推定死亡时间是在今天早晨六点至七点之间。”

“……”

“她再三要求你去接她，却又自杀了，这怎么也说不通吧？”

六月中旬，正是梅雨季节，审讯室里闷热得很。在俊夫的右边有扇小窗户，透过窗户可以看见警署的内花园，庭院里树木茂盛，绣球花缀满枝头，空气潮热，没有一丝风吹来。

俊夫从西服口袋里拿出手帕，擦了擦脖子上渗出的汗水。

“她以前有没有干过自杀未遂的事？”

“和我认识之后没发生过这种事，以前有没有我就不知道了，但无论如何，她不像是个会做这种事的人。”

“她丝毫没有自杀的征兆？”

“根本没有。”俊夫再次坚决地摇了摇头。

“那么，是不是她喝醉了，忘了关煤气？”

“昨天她不过喝了两三杯兑水的威士忌，有点醉意，那样子和平时没有什么不一样。”

“你离开她的房间时是几点？”

“应该是十一点左右。”俊夫稍稍想了想说，望了一眼没有一丝风吹来的窗外。

“那时也没什么异样？”

“没有。”

年长的警官点了点头，年轻警官依然认真地做着记录。俊夫微微皱起眉头又点上一支烟。

“可是，煤气阀是被开足了的，房间里也收拾得干干净净。”

“你们的意思是，她是自杀？”俊夫生气地抬起头。

“我们并没肯定，但从现场的情况来看，这是最说得通的。”

“可是她一再让我今天早晨去接她，再说，也没看见留下什么遗书。”

“有时说不清为什么，就突然冒出了自杀的念头，这种情况也是有的。”

“一个活生生的人就这么死了吗？就算她是自杀，也该有个明明白白的理由吧？难道就这么简单地死了吗？”

“年轻女孩的心情有时是捉摸不定的。”

“她也不年轻了，再说樱子是非常坚强、头脑清醒的人，她没有任何去死的理由。”

“那你是说，她死于意外？”

“这个……”俊夫停顿了一下。

“或者是他杀？”

“他杀……”俊夫忍不住大声喊起来。

“自杀，他杀，意外事故，只有这三种可能。”警官说完，手指在桌子上像弹钢琴似的敲击着。

“你有她公寓的钥匙？”

“那又怎么了？”

“我只是想知道，你怎么会有钥匙的。”

“是她给我的，她说这样我什么时候想去就可以去。”

“原来是这样。”

“等等……”俊夫慌忙打断警官，“你们不会怀疑是我干的吧？”

“那倒没有，但你是和她最亲近的人，所以跟你了解一下情况。”

“绝对不是我干的。首先，我没有任何理由杀她，我没必要这么做。”

年长的警官抱着双臂，眼睛朝屋顶看着，年轻的警官一如既往，默默地做着笔录。

“别开玩笑了，简直是胡说八道。”

“我们可是什么也没说呀。”

“太热了，请让我一个人待会儿吧。”

俊夫解开领带，摁灭了香烟。窗外依然没有一丝风，树梢静静地，一动不动。

二

警官离开后，审讯室里就剩下俊夫一人，他回忆起自己和吉川樱子相处的日子。

他和樱子认识是在两年前的四月。

那天早晨，在阿佐谷的电车站台候车的时候，俊夫主动和樱子搭话。之前，俊夫在公司看见过她几次，因为不在一个科室，所以没有直接说过话。

樱子很瘦，看上去是个好胜的姑娘。她五官端正，身材也不错，虽然个子不高，但娇小玲珑。

从外表看，樱子厉害好胜、不容易接近，可一接触俊夫却发现她是个性格活泼的姑娘。

俊夫很快了解到，她毕业于S女子大学的英语系，老家在埼玉县，大学毕业后就到现在的商社就职了。最近，她才搬到阿佐谷的公寓。

“樱子没有什么特别的含义，因为吉川这个姓氏太普通了，所以我父母想把我的名字起得稍微醒目一点。”樱子是这样解释自己的名字的。

“可是，樱花生命短暂，转眼就凋谢了。我可能也会像樱花那样，年纪轻轻的就死了。”在他俩相识不久时，樱子曾不经意地这么说，现在想来，竟然被她不幸言中了。

二十六岁，还没结婚，就结束了短暂的一生，恰如樱花的生命历程。

可是樱子的死，对俊夫来说简直是个噩梦。其实，樱子如果是自杀的话，他觉得一大半原因出在自己身上。

俊夫和樱子真正好上是在五月底，那时他俩认识一个月，地点就在阿佐谷樱子的公寓。

他和樱子发生关系后，才知道樱子还是处女。

俊夫原以为樱子大学毕业，芳龄二十四，总该有一两次性经验的，可事实却不是这样。像樱子这样长相端正、身材姣好的女孩，有一两个男朋友也是很正常的，但事实上，她好像还没有和男孩子深交过。也许是樱子外表好强，又不苟言笑，令男孩都躲得远远的。

俊夫和她熟悉后，发现樱子是个很会照顾别人、善于料理家务的女孩。有时，俊夫住在她那里，樱子早早地便起床给他准备早餐，不单单是面包牛奶，她还会精心地准备色拉、味噌汤。俊夫的裤子、手帕，也不知是什么时候，已被熨得平平整整。

樱子还是个爱干净的人，只要看见俊夫身上的裤子、鞋子有一点脏了，她会赶紧让他换下来，替他洗刷干净。

总而言之，对俊夫，樱子真是无微不至。

俊夫不是拈花惹草的人，但也称不上洁身自好。他有过四五个女朋友，但就数樱子长得最漂亮，人也最温柔。

起初，樱子对男欢女爱的事一点不感兴趣，但不久以后便知道了做女人的快乐，有时竟主动起来。

樱子犹如一个情窦未开的女孩，自从遇上了俊夫，一夜之间风情万种地怒放了。

他们相识一年的时候，真是如胶似漆。按那架势，两人将直奔婚姻的殿堂。

如今回想起来，也就在那以后，俊夫对樱子开始厌倦了。

俊夫当时还不想结婚，所以也没认真考虑过自己和樱子的婚事。俊夫当时二十七岁，他不想这么快就结束单身生活。

可樱子比俊夫小两岁，二十五岁，眼看就要错过最佳的结婚年龄了，虽说她相信俊夫爱着她，但她更希望能得到俊夫愿意和她结婚的口头承诺。

今年年初，樱子把这事提了出来。

“可以的话，让我认识一下你的父母吧。”樱子把她想和俊夫结婚的愿望，用这种方式表达出来。

俊夫也明白，樱子是希望得到一个结婚的承诺，希望两人的关系得到他父母的承认。

尽管俊夫觉得作为女孩子，樱子有这种想法也很正常，可也不知道为什么，俊夫却突然对樱子没了兴趣。俊夫的想法实在有点牵强，他觉得樱子以前之所以对自己那么无微不至，是非常功利的念头在作祟，是她急于想和他结婚。

一旦没了兴致，樱子身上的优点在俊夫的眼睛里突然都变了味。

樱子爱干净、做事仔细周到，现在回头一看是她太好胜、太死板；她善解人意、会照顾人，如今看来也是强加于人、自说自话；耐心地等待、忍耐的样子看起来有阴险的、伺机反抗的意味。

其实，俊夫厌倦的正是樱子对爱情太投入、太专注，樱子的爱，对俊夫已成为一种负担。

这时候他俩的关系，恰恰应验了这么一句话：女人太爱男人，她想用爱来牢牢地拴住他，但男人却被爱压得喘不过气来，只想逃之夭夭。

并不是俊夫有了新欢，但他不再频繁地出入樱子那里了。

以前，星期六、星期天两天，他一定是在樱子那里度过的；现在，星期六他去公司上班，下了班也不去樱子那里。

偶尔，他喝得烂醉后上樱子那里，一进门就倒头大睡，根本没有一点恋人间的柔情蜜意。

即便这样，樱子也不发牢骚，她替俊夫脱衣服，盖上毯子，服侍他睡下。那神情简直就是献身。

樱子总是等着俊夫，俊夫觉得樱子绝对不会离开他，她会永远等下去的。这个念头让俊夫变得越来越任性。

今年开始，俊夫在公司几乎不和樱子讲话。

他俩的关系在公司已经人人皆知，俊夫突然摆出和樱子形同陌路的架势，这对男人来说倒无妨，但对女孩子来讲就非常尴尬了。

樱子已经以身相许，公司里谁都知道两人快结婚了，突然间变得如此冷淡，樱子当然很难堪。

于是，下了班，或午休的时候，樱子几次三番对俊夫说："今晚来我这里吧。"因为有旁人在场，俊夫只好点头应允，但他事后并不如约而至。

其实他也想，就去一下吧，可一转念，想到自己在那昏暗的公寓里，等着樱子准备晚饭，这太现实、太居家的氛围，让他一下子没了兴趣。俊夫感觉只要上樱子的公寓，他就会被樱子牢牢抓住，再也无处可逃。

表面上，俊夫对樱子冷淡，但他也不是完全地讨厌她，所以在他喝醉了酒，或者突然觉得寂寞时，又主动跑到樱子那里。

他知道樱子闷闷不乐，有点烦人，总是缠着他，但他又感到欣慰，因为只有樱子会这么一厢情愿地等着他。

俊夫的父亲是大学教授，他自小生活优裕，但性格比较软弱。他对樱子有点厌倦了，可又硬不起心肠和她一刀两断。况且樱子温柔，但内心倔强，这种性格对性格软弱的俊夫来说也是很有魅力的。

俊夫对樱子冷淡，这倒有点像小孩子和溺爱自己的母亲耍小性子。

不管俊夫怎么对她冷淡，大概早就看穿他的脾性，樱子总是耐着性子，听凭他任性地耍脾气。

但是今年五月，俊夫和樱子吵了一架，从那以后，两人的关系就彻底疏远了。

起因是两人在口角中，俊夫忍不住脱口而出："我早就受够了你这老妈子！"

再能忍耐的樱子，也受不了这样的侮辱，樱子一下子脸色苍白，两手捂住脸哭起来。

俊夫正准备道歉，但看见樱子肩膀颤抖地抽泣不停，觉得樱子是故意哭得虚张声势，于是便丢下樱子，一声不吭地走了。

他心里明白自己太过分了，但嘴上却不想说。

之后整整一个月，樱子在公司、车站遇见他都不再打招呼，一脸漠然地擦肩而过。

俊夫想道歉，但樱子那强硬的态度，又让他下不了台。

慢慢地，看着樱子不依不饶，俊夫由抱歉变得愤恨起来，他想樱子果然是个固执阴险、有心计的家伙。

昨晚是两人冷战一个月后的重逢。

还是樱子先开口对他说："我想见你。"

俊夫没觉得一丝内疚，反而想，她终于投降了。

樱子说正好零花钱还有一些，请俊夫到有乐町的 H 大楼十二层的一家餐厅吃饭。

他俩在那里吃完晚饭，又到新宿一家常去的酒吧。

在酒吧喝了一个小时后，他们回到阿佐谷樱子的公寓。

银座，新宿，阿佐谷，这样的约会和他俩热恋时完全一样，但昨天樱子自始至终话不多，显得有点沉闷。

在酒吧时，樱子直瞪瞪地盯着酒杯出神，偶尔又恋恋不舍地望着俊夫。

"怎么了？"俊夫问她。

"没什么。"樱子摇摇头，也不多说什么。

小别重逢，俊夫也没什么话可说，倒是想快点抱住纤细娇小的樱子。

从樱子微微敞开的领口，隐约可见她那白皙的皮肤、丰满的乳房，也许是因为一个月不见，这让俊夫感到久违的感官刺激。

"回你公寓去吧。"

面对俊夫的提议，樱子顺从地点点头。

到了樱子的公寓，俊夫奇怪地发现被褥已经铺好。樱子平时做事认真仔细，早晨被子总是折叠整齐后放入壁橱的，像这样铺在地上实在少见。

俊夫觉得有点奇怪，但也没有多想，他迫不及待地抱住樱子。

樱子没有任何抵抗，当然在这之前樱子也从没抵抗过，但今天不知为什么，樱子显得比以往更加温顺，她任凭俊夫摆布自己。樱子一直不喜欢自己在俊夫面前一丝不挂，可今天她听话地由着俊夫，那神情似乎是准备把自己毫无保留地交给俊夫。

不一会儿，樱子激情奔放起来，她的手死死地抓住俊夫的肩膀，发出低低的抽泣声。

完事后，樱子依然闭着眼睛，肩膀微微地颤动。

俊夫将男人的欲望一泄而快后，突然清醒过来。

看见樱子还沉浸在刚才的激情中，俊夫涌上一股臭名的烦躁，他想尽快离开这里。他摸索着起身，樱子睁开眼睛看他。

“你这就要回去……”

“嗯。”

俊夫觉得，该满足的已经得到满足，待在这里也是英雄无用武之地。过一会儿，若是被盘问为什么不见她，那可受不了。俊夫站起身。

“一定要回去吗？”

俊夫不回答，开始穿衣服。

樱子缓缓地起来，穿上碎花图案的睡衣，坐在镜子前梳理起头发。

“对了，我求你一件事。”

“什么事？”俊夫一边穿长裤一边有点不耐烦地问。

樱子刚被爱抚过的脸，面若桃花，她轻轻咬下嘴唇，又一低眉说：“明天早晨，能来接我吗？”

“开什么玩笑？”俊夫想都没想便一口回绝。早就不是初恋的时候了，她以为还是两年前，还想让他早晨来接她。“你要性子也要有个分寸。”

“我不是要性子。”樱子猛地转过头，双手端放在膝盖上，直瞪着俊夫。

“你这是干什么？脸拉成这样。”

“求你了，明天早晨一定过来。”

“你又不是小孩子，一个人能起来的。”

“求你了。”这一次，樱子双手交叠在一起，冲他深深地低头施礼，灯光下，樱子披散的头发下露出白皙的脖子。

俊夫不由得又生起气来。这女人真是够烦人的，难得对她好一点，倒又死皮赖脸地缠起人来。

俊夫狠狠地咂舌，朝门口走去。

“俊夫，求你了。”突然，樱子抱住俊夫的右腿，俊夫一个趔趄，差点摔倒。

“喂！快松手。”俊夫想拔出腿来，可樱子死死地不松手，俊夫突然有种恐惧，好像自己被蛇缠住了似的。

“快放手。放手！”俊夫拼命想摆脱出来，但樱子缠得更紧了，她的脸紧贴俊夫。

“你明天早晨八点以前不来的话，我就去死。”

“你说什么胡话？”俊夫低头看着脚下发了疯似的樱子。

“你不来我就去死。”

“你是想威胁我？”

“明天早晨，七点半，你一定要来。”

“好吧，我来，但你先放了我。”俊夫一心想快点脱身，便答应下来。

“真的，真的一定要来。”樱子抬头，她头发乱糟糟的，像个疯子，眼睛放出异样的光芒。

“我一定来。”俊夫再一次保证，樱子这才松开手。

就在他离开时，樱子又说：“吻我一下。”

俊夫怕再拒绝，樱子又会胡闹起来，便老老实实答应了。

樱子紧紧地贴着他，凑上双唇，舌头伸到他嘴里缠绵了很久。

俊夫被吻得差点透不过气来。

“谢谢。”樱子的眼睛里闪着泪花。

“好了，我明天过来。”俊夫突然觉得樱子有点可怜，语气稍稍缓和了一点。

“我等着你，七点半啊。”樱子说着，微微笑了笑。

这是俊夫最后一次见到樱子。

第二天早晨，也就是今天早晨，俊夫七点醒来，洗漱完毕，系上领带时已经是七点半了。

俊夫已经打算径直去车站了，走了一半，他又改变主意绕道来到樱子这里。

他原本是不想来的，但樱子那句“你不来我就去死”的话实在让他有点放心不下。

俊夫到樱子住的“曙庄”时，是七点四十五分，比约定的时间晚了十五分钟。

公寓是灰浆结构的，两层楼，每一户门口都是独立的，是专出租的公寓。

樱子的房间在二楼的尽头。

俊夫站在门口，按响门铃。

房间里传出门铃声，可没人出来开门。俊夫想，樱子也可能等不及先走了，他又敲了敲门，喊了声“喂”。

门还是不开，俊夫正准备走，但又想再确认一下，就从房门中央的信筒朝里张望。

这时候，他才发现有煤气味。

俊夫又一次按门铃，敲门。里面依然没有动静。俊夫有种不祥的预感，于是拿出自己口袋里的钥匙打开了门。

樱子的公寓，进门便是带着厨房的三张榻榻米大小的起居室，隔着玻璃移门，里面是一间六张榻榻米大小的房间。

里面房间靠左边铺着被褥，樱子仰天睡着，头歪向窗边。

原本在厨房的煤气灶，用橡胶管连接着被搬到房间，煤气阀完全开着。

因为煤气灶被搬到里面的房间，玻璃移门又拉上了，所以起居室的煤气味不太厉害，俊夫按门铃时也没能闻到煤气味。

俊夫发现樱子时，樱子的脸实在美得令人惊艳。

樱子的脸略微泛着粉色，正如樱花的浅粉，若有若无，虚无缥缈。

她闭着眼睛，仿佛熟睡着，鼻子挺拔，鲜红的嘴唇微微张开，好像等待着亲吻。

俊夫从没见过这么漂亮、宛若仙子般的樱子。

其实，这不是俊夫一个人的错觉，急急忙忙赶来的管理人、周围的邻居、警官，都被樱子那令人惊艳的美丽怔住了。

“多么漂亮的脸蛋啊，为什么要寻死呢？”管理人的妻子轻声嘀咕道，在场的人都不由得点头赞同。

可是，面若樱花、体温尚存的樱子任凭你怎么摇晃，怎么呼唤，却再也不回答一个字。

闻讯赶来的警官打算给樱子做人工呼吸，他俯身下去，从樱子微微敞开的睡衣领口，他隐约看见樱子丰满的双乳和那富有弹性的皮肤，就像樱花一样，若有若无的粉色，晶莹迷人。

救护车来了，看见樱子被抬上担架，俊夫终于失声痛哭起来。

这么漂亮美丽的女孩，自己为什么要故意疏远冷淡她呢？

就算自己有点烦躁，但心里其实是喜欢她的，我原本可以对她更好点，没必要摆出拒人千里的样子。

如此温柔、甘愿为自己献出一切的女孩，永远不会再出现了。

“我这个混蛋！”俊夫在审讯室里不停地来回走动，他敲打着自己的脑袋。

这到底是自杀，还是意外事故？但她明明白白求我“明天来接我”，怎么可能在这之前就死了呢？昨晚临走时的那个吻，也说明我们的关系有了转折。

既然我们的关系已经柳暗花明，那么她不可能去死，她没有去死的理由。

这一定是个事故。

樱子觉得我们又能和好如初了，一高兴去烧开水，或者是兴致一高自己喝了点威士忌，喝醉后忘了关煤气。

那若有若无、美丽的樱花色的脸，一定是威士忌的缘故。还有那鲜红欲滴的嘴唇，一定也是威士忌让血液涌了上来。明明樱子是死于意外事故，可那两个警官好像怀疑是我半夜里跑去打开了煤气阀。

开什么玩笑？我确凿无疑不在现场，昨晚我回家后就睡觉了，如果觉得可疑你就调查吧，煤气阀上也可以取到指纹的。

我对天发誓，我是无辜的。我真的悲痛欲绝，我怎么可能会去杀了如此美若天仙的樱子呢？

俊夫想到这儿，审讯室的门打开了。

三

进来的是刚才那一老一少两位警官，那位戴眼镜的年轻警官，右手拿着一本大学生用的笔记本。

两人进来后，站在俊夫面前。年长的警官若有所思地点一点头说："你可以回去了。"

俊夫不明白是什么意思："调查结束了吗？"

"大体的情况已经清楚了。"

"什么清楚了？"

"我们目前认为这是自杀。"

"为什么这么说？"俊夫跨前一步。

"她早就做了自杀的准备。"

"怎么可能？"

"请等一下。"年长的警官摆了摆手，从戴眼镜的警官手中接过本子递给俊夫，"这里，夹着纸的地方，写着今天发生的事情。"

俊夫接过本子，笔记本的封面上是樱子那独特的一丝不苟的楷书：吉川樱子。

"我们在书架上发现了这个。"

俊夫翻开夹着纸的那一页。

六月四日，这是今天的日期。

没有什么可留恋的了，我只要就这样静静地睡去。

唯一的担心，是明天早晨俊夫真的会来吗，我这么恳求他，想必他一定会来的。

俊夫，你一定要来啊，我希望你能第一个看见我死后的脸……

神啊，请你一定让俊夫来接我，让他第一个看见我。

现在是凌晨两点，我听见煤气从煤气阀里泄漏出来的声音。就这样我会睡着，我的呼吸完全停止，应该是在明天早晨六点到七点之间。

那时，我全身的血液充满了一氧化碳，我的皮肤会呈现出樱花般的粉色，但这美丽的粉色只能在死后保持一个小时。

过了一个小时，我的身体会渐渐发黑，出现死斑。俊夫，在我睡着了，灿烂如樱花般美丽的时候，你一定要来看我。

这，是我献给你的最后礼物。

千万不要啊，不要错过了我而去上班，等你再赶来，一切就晚了，那时候请你一定不要看我。

七点半，你一定答应我……

请你不要忘记我宛若樱花般灿烂的脸。

求你了，神啊，请让俊夫七点半到这里来。让俊夫看到我最美的脸。

神啊，请你答应我这可怜的人吧，让我实现这个最后的心愿吧。

“你，看清楚了吧？”年长的警官轻轻地叹了口气。

“没错，这是她的笔迹。”俊夫看着手中的本子说。

窗外起风了，眼看就要下起雨来，绣球花的枝头被风吹得轻轻摇动。

“她是为了让你看见她最美的脸。”警官说着从俊夫手中接过本子，“回家休息吧。”他站在门口，替俊夫打开了门。

文治
wénzhì
微博：http://weibo.com/wenzhitushu
小站：http://site.douban.com/wenzhi

做好书